CONSTANZE NEUMANN

Der Himmel über Palermo

Buch

Die junge Blandine von Bülow, Tochter von Cosima Wagner aus ihrer ersten Ehe mit Hans von Bülow, ist achtzehn Jahre alt, als sie mit ihrer Familie im November 1881 nach Sizilien reist. Ihr Stiefvater Richard Wagner sehnt sich nach Sonne und Ruhe, um komponieren zu können. In Palermo mietet man Zimmer im opulenten »Hotel des Palmes« und will zurückgezogen leben. Aber die adlige Gesellschaft der Stadt belagert den berühmten Komponisten, und schon bald nehmen zumindest die Damen am gesellschaftlichen Leben teil. Rauschende Feste, prunkvolle Paläste und eine ebenso fremde wie faszinierende Natur: Blandine entdeckt eine betörend schöne Welt, die sie unwiderruflich in ihren Bann zieht.
In der Silvesternacht begegnet sie Graf Biagio Gravina, Spross einer der ältesten Adelsfamilien der Insel, der schon bald um ihre Hand anhält. Hat er sich in Blandine verliebt? Oder ist es die Prominenz ihres Stiefvaters, die ihn anzieht? Und wie steht es um Blandines eigenes Herz?

Autorin

Constanze Neumann, geboren 1973 in Leipzig, studierte Anglistik, Romanistik und Germanistik. Sie arbeitete 15 Jahre in verschiedenen Buchverlagen in München, Frankfurt und Hamburg und lebte vier Jahre als Übersetzerin aus dem Italienischen in Palermo. Heute ist sie Verlagsleiterin eines Berliner Verlages.

Constanze Neumann

Der Himmel über Palermo

Roman

GOLDMANN

Sollte diese Publikation Links auf Webseiten Dritter enthalten, so übernehmen wir für deren Inhalte keine Haftung, da wir uns diese nicht zu eigen machen, sondern lediglich auf deren Stand zum Zeitpunkt der Erstveröffentlichung verweisen.

Dieses Buch ist auch als E-Book erhältlich

Verlagsgruppe Random House FSC® N001967

1. Auflage
Taschenbuchausgabe Juli 2018
Copyright © der Originalausgabe 2017
by Wilhelm Goldmann Verlag, München,
in der Verlagsgruppe Random House GmbH,
Neumarkter Str. 28, 81673 München
Umschlaggestaltung: UNO Werbeagentur, München
Umschlagmotiv: Bridgeman Images / PHD578 Plumeria
by Ehret, Georg Dionysius (1710-70); Private Collection
FinePic®, München
LEEMAGE / FOTOFINDER.COM
TH · Herstellung: kw
Satz: Buch-Werkstatt GmbH, Bad Aibling
Druck und Bindung: GGP Media GmbH, Pößneck
Printed in Germany
ISBN: 978-3-442-48756-1
www.goldmann-verlag.de

Besuchen Sie den Goldmann Verlag im Netz

1

Die Toten

November 1897

Chi ti portaru i morti?

Rau klingt die Stimme des Verkäufers, fremd, als stammte sie aus einer anderen Welt. Weitere Rufe stimmen ein, ein heiseres Krächzen, das sich mit dem dichten Rauch mischt, der über die große Piazza treibt. Es riecht nach Maronen, gegrilltem Fleisch, gebrannten Mandeln, ein schwerer Duft, der den Gestank doch nur überlagert, der aus den engen Seitengässchen der Piazza dringt, aus den Eingeweiden der Stadt Palermo und einer Dunkelheit, die immer feucht ist, ein klammes, schmutziges Tuch, das an der Haut haftet.

Chi ti portaru i morti?

Was haben dir die Toten gebracht?

Blandine Gräfin Gravina zieht den Vorhang vor das Fenster der Kutsche, die sich ihren Weg über die Piazza Santa Teresa zum Stadttor Porta Nuova bahnt. Durch einen Spalt zwischen den staubigen Stoffbahnen sieht sie das Gesicht eines Verkäufers, es ist braun gebrannt, zerfurcht, der Mund, aus dem ein paar schiefe Zähne ragen, ist aufgerissen. Der Mann starrt sie an und lacht, hält eine der bunten Zuckerpuppen hoch, einen Paladin mit Rüstung und Säbel. Schild und Helm sind bunt, die schwarzen Augen puppenstarr, darunter ein blutroter Mund mit schwarzem Schnurrbart. Der Verkäufer schlägt mit seiner schmutzigen Faust gegen das Fenster der Kutsche, er streckt ihr den Paladin entgegen, dann zeigt er auf seinen Stand, auf dem Berge von bunten Zuckerpuppen liegen, Ritter zu Pferde, Edelfräulein und Prinzessinnen mit gelbem Haar und blauen Augen, dazu billiges Spielzeug, kleine sizilianische Karren, Tonpfeifen, Kasperlefiguren, auch sie schreiend bunt. Endlich sind sie an seinem Stand vorbeigefahren, Blandine atmet auf.

Chi ti portaru i morti?

Sie schließt die Augen und drückt sich in das lederne Sitzpolster, aber das grobe Gesicht des Verkäufers hat sich ihr eingebrannt, sein Grinsen, die schiefen gelben Zähne.

U pupu cu l'anchi torti!

Eine hinkende Puppe!

Die Stimmen der Kinder, die den Händlern antworten, klingen schrill. Sie sind aufgeregt und gierig, ihre Schreie gleichen denen der Möwen, die vom Meer heraufgeflogen sind und nach Müll tauchen, sie stürzen sich aus dem blauen Novemberhimmel hinab und wühlen im Unrat, der sich überall auf der Piazza türmt, unter den Ständen, an den Ecken, an den Stämmen der hohen Palmen.

Mit einem Ruck kommt die Kutsche zum Stehen, und Blandine öffnet die Augen. Sie hört den Kutscher fluchen, ein paar Kinder stieben kreischend auseinander, sie sind nicht zu bändigen an diesem Tag, an dem die Toten ihnen Geschenke bringen. Sie müssen sie nur auf den Friedhöfen an den Familiengräbern abholen. Alle – ob reich oder arm – tafeln an den Gräbern, bringen den Toten ihre Leibspeisen, und die Kinder können es kaum erwarten, auf den Friedhof zu gehen. Danach fahren sie zum Jahrmarkt der Toten auf der Piazza Santa Teresa. In all den fünfzehn Jahren auf Sizilien hat Blandine sich nicht an dieses Fest gewöhnt, das hier wichtiger ist als Weihnachten und Ostern. Heidnisch kommt es ihr vor, ein uraltes Ritual, das für sie nichts mit dem Christentum und Allerseelen, wie sie es kennt, zu tun hat. Auch ihre Kinder wollen das Fest feiern, sie verrenken sich die Hälse, wenn Ende Oktober in den Pasticcerien die bunten Zuckerpuppen auftauchen, sie wollen auf den Friedhof und dann auf diesen Jahrmarkt, wo sie die Rufe der Händler mit einer ihr nicht vertrauten Lautfolge beantworten und die Stände mit Spielzeug, Bergen von Nüssen und den *crozzi i mottu,* den Knochen der Toten, einem nach Nelken und Zimt schmeckenden Gebäck, bestaunen.

Sie schaudert.

Palermo ist eine Totenstadt, und heute feiern sie, die Toten tanzen durch die Straßen, ein gespenstischer Reigen durch die labyrinthischen Gassen, durch den Dämmer der unzähligen Kirchen, Klöster und Kapellen.

Ruckelnd fährt die Kutsche weiter, der Kutscher gibt dem Pferd die Peitsche. Wieso hat die Gräfin darauf bestanden, über die Piazza Santa Teresa zu fahren? Er hat sie gewarnt, er hat ihr einen anderen Weg hinunter zum Meer vorgeschlagen, nicht über den Jahrmarkt der Toten und den Cassaro, eine der Hauptachsen der Stadt, sondern durch Seitengassen und Nebenstraßen. Blass sah die Gräfin aus, das schwarze Kleid abgetragen und am Saum staubbedeckt. Die hellen Augen in dem schmalen, ernsten Gesicht haben ihn unverwandt angeschaut. Zuerst hat er gedacht, sie verstehe ihn nicht, eine Ausländerin, die zwar seit Langem hier lebt, aber die Sprache nicht spricht. Dann hat er so etwas wie Furcht in ihrem Blick gelesen. Die Fremde fürchtet sich vor dem Bauch der Stadt. Darum der eigentlich unsinnige Weg über die überfüllten Plätze, die breiten Straßen.

Die Sonne steht bereits tief, aber trotzdem ist es so warm, dass ihm der Schweiß über die Stirn rinnt. Es ist nicht die brennende Hitze des Sommers, sondern eine flüchtige Wärme, die abends einer feuchten Kälte weicht. Zuhause wartet sein Sohn, der Kutscher hat ihm versprochen, dass die Toten ihm einen Ritter bringen. Der Ritter zu Pferde mit dem bunten Helm und dem Schwert liegt auch schon neben ihm auf dem Kutschbock. Der Friedhof, auf dem seine Frau, seine Mutter und die kleine Concetta liegen, ist zu weit außerhalb, sie werden es nicht schaffen, dorthin zu laufen, wenn er gegen fünf nach Hause kommt. Vincenzo hat geweint, wie sollen die Toten ihm einen Ritter bringen, wenn sie nicht ans Grab gehen? Aber der Kutscher muss arbeiten, er muss die Gräfin vom Friedhof in die Via Butera bringen, Palazzo Pace, Via Butera 33. Sie ist allein auf den Friedhof gegangen, eine verlorene Gestalt, der die anderen nachgeschaut haben. Vielleicht hat sie es gar nicht bemerkt, unbeirrt hat sie sich ihren Weg durch die Gruppen jubelnder Kinder gebahnt, vorbei an den Männern mit den Bildnissen der Toten und den Frauen mit Körben voller Essen, bis er ihre Gestalt nicht mehr sehen konnte. Jetzt sitzt sie allein in der Kutsche, und der Kutscher versteht nicht, wieso sie ihre Kinder nicht mitgenommen hat. Sie hat doch Kinder, die ihren Vater besuchen müssen an diesem Tag.

Die Toten wissen, dass wir nicht kommen können, hat der

Kutscher Vincenzo gesagt, sie bringen dir die Puppe, versprochen. Sie wissen alles, sie sind immer bei uns, besonders Mama.

Blandine atmet auf, als sie das Stadttor erreichen, eine Ewigkeit scheint vergangen zu sein.

Chi ti portaru i morti?

Die Schreie verhallen hinter ihr. Sie denkt an ihren Mann, der seit sechs Wochen tot ist. Was hat er ihr gebracht? Die Frage kann sie nicht beantworten, und man stellt sie auch nur hier, in der Totenstadt, die sie bald verlassen wird. Palermo und Sizilien wird sie verlassen und ein Leben, das ihres war und doch auch nicht. Ihre Mutter erwartet sie in Deutschland, in Bayreuth. Biagino hat immer davon gesprochen, dass die Erziehung der Kinder in Deutschland stattfinden müsse. Doch sie wird dem Wunsch ihres verstorbenen Mannes nicht entsprechen. Ihr Ältester ist in einem Institut bei Florenz, ihn hat sie vor ein paar Tagen dorthin begleitet, ist gerade erst wieder zurückgekehrt. Die drei Kleinen sind bei ihr. Ihre Schwiegereltern wollen, dass sie auf Sizilien bleibt. Auch ihnen wird sie es nicht recht machen. Sie lehnt sich zurück und schließt noch einmal die Augen. Sie ist allein, und es ist ihre Verantwortung. Sie muss den Kindern den Vater ersetzen, nach besten Kräften. Wo und wie sie es für richtig hält. Weder will sie nach Bayreuth zu ihrer Familie noch hier auf der Insel bleiben, wo sich die Erinnerungen eintrüben und verfärben, sie zerfallen, je länger sie daran denkt. Was ihr bleibt, ist eine Handvoll Staub.

Meine liebe Daniela,

es ist mir wirklich nicht möglich gewesen, bis jetzt die zahllosen Briefe zu beantworten, die mir von nah und fern liebe Beweise der Teilnahme brachten. Je tiefer die Empfindung, umso schwieriger das Ausdrucksvermögen. Und dann habe ich auch so schrecklich viel zu tun gehabt, dass ich kaum zur Besinnung gekommen bin. Seit einigen Tagen bin ich aus Florenz zurückgekehrt, wo ich Manfredi in das nahegelegene Institut in Prado brachte. Ich will mich nun ganz dort niederlassen und mache hier meine Anstalten zu dem großen Umzug, der einen Lebensabschnitt von fünfzehn Jahren beendet. Sicher ist, dass ich nicht ohne Wehmut von Palermo scheide. Ich habe unendlich viel Liebe und Güte hier gefunden ...

Ende November 1897 verlässt Blandine Gräfin Gravina, geborene von Bülow, mit ihren drei jüngeren Kindern Maria, Gilberto und Guido Sizilien. Als das Dampfschiff nach Neapel im Hafen von Palermo ablegt, steht neben der Sonne bereits eine schmale, kaum sichtbare Mondsichel am Frühabendhimmel. Eine halbe Stunde später sind weder Winkende noch Händler, weder die Barken, die das Dampfschiff ein Stück begleitet haben, noch die Kutschen mehr zu erkennen, alles ist zu schwarzen Punkten verschwommen. Auch der Lärm ist in der Ferne verstummt, und still liegt die Stadt da, ihre Kuppeln zeichnen sich gegen den Himmel ab, dahinter erheben sich dunkel die Berge.

Blandine steht an Deck, Maria und der Kleine sind bei der Miss in der Kabine. Guido lässt sich kaum beruhigen, er ist anderthalb und spürt, dass das Leben sich ändert, er weint, und Blandine hat keine Antwort auf seine Verzweiflung, wie sie überhaupt wenig Antworten für diesen jüngsten Sohn hat, der so überraschend in ihr Leben kam und ihnen für kurze Zeit – eine viel zu kurze Zeit – das Gefühl vermittelte, ihre Ehe sei noch zu retten. Wie schnell hatte Biagio das Interesse an dem schreienden Neugeborenen verloren und wie lange hatte sie gebraucht, um sich von der anstrengenden Geburt zu erholen. Guido war klein und kränklich, kein Vergleich zu Manfredi, ihrem Ältesten ... Ihr Mann war nervös geworden, weil das Kind unruhig war und sein atemloses Weinen immer häufiger und lauter durch das ganze Haus gellte. Zwei Ammen hatten aufgegeben, und Blandine hatte wochenlang damit gerechnet, dass das schwache Kind nicht überleben würde. Biagios Gleichgültigkeit, mehr noch: seine Gereiztheit dem jüngsten Sohn gegenüber hatte sie verletzt und alle Gespräche vergiftet.

Gil, ihr zweitältester Sohn, läuft über das Schiff, auf dem Unterdeck bestaunt er Esel, Hühner, Schafe, ein paar Schweine, die Soldaten mit ihren abgetragenen Uniformen, dazu ein paar Zuchthäusler, die im Hafen unter dem Johlen der Menge an Bord geführt worden sind. Dann ruft ihn seine Mutter zu sich, er soll in die Kabine gehen, und widerwillig fügt er sich.

Gedankenverloren steht Blandine an der Reling und schaut auf das dunkle Meer. Etwas mehr als sechzehn Jahre liegt jener Novembertag 1881 zurück, als sie mit ihrer Familie, den Eltern und den Geschwistern, in Palermo angekommen sind. Sechzehn Jahre nur, die ihr wie ein Menschenalter, eine Ewigkeit vorkommen. Daniela, ihre ältere Schwester, war nicht bei ihnen – sie war beim Großvater, dem Vater ihrer Mutter, in Rom. Ein wenig hatte sie sie beneidet, aber wie immer hatte sich in den Neid Erleichterung gemischt, nicht wie Daniela allein dem Großvater und seiner Gefährtin, der gestrengen Fürstin Carolyne von Sayn-Wittgenstein, ausgeliefert zu sein. Dann lieber mit den kleineren Schwestern Isolde und Eva und mit Siegfried, dem Jüngsten und Papas und Mamas Liebling, nach Palermo.

»Ich will Sonne!«, hatte Papa gesagt, keinen Winter, eine südliche Sonne, südlicher als die in Neapel und an der Amalfi-Küste. Die Fahrt von Neapel nach Palermo mit dem Dampfschiff der Gesellschaft Florio&Co., »Simeto« hieß es, das weiß sie noch, der Ärger, weil sie nur für Papa eine Kabine mit Bett – viel zu hart – bekommen hatten. Er litt unter der Seekrankheit, und die Chloral-Pillen halfen nicht, ganz im Gegenteil. Mama war niedergeschlagen deshalb, aber Siegfried heiterte sie auf, sie war stolz darauf, dass er sich auf Italienisch mit einem Soldaten unterhalten konnte. Auch damals waren viele Tiere auf dem Schiff, das Vieh brüllte, es war unruhig auf hoher See, die Besitzer versuchten, die Schweine und Esel zu beruhigen. Sie mussten die Nacht an Deck verbringen, und keiner von ihnen tat ein Auge zu.

Irgendwann in der Früh entdeckte Blandine Land. Dem Baedeker zufolge musste das die Insel Ustica sein: »Man stehe am Morgen bei Zeiten auf; die Annäherung an Sicilien und die Einfahrt gewähren ein herrliches Schauspiel«, hatte sie gelesen, und nun sah sie am Horizont die Berge Siziliens, nachdem sie Ustica hinter sich gelassen hatten, konnte im Näherkommen den Capo di Gallo und den Monte Pellegrino ausmachen. Dann endlich die Stadt: unzählige Kuppeln und Türme, die in der Morgensonne glänzten. Als sie gegen elf anlegten, schien bereits die gesamte Stadtbevölkerung auf den Beinen zu sein, am Hafen wimmelte es von Menschen, Karren, vor die Esel gespannt waren, und Kutschen mit Pferden, ein lautes, fröhliches Chaos. Das Ausschiffen war mühsam, Papa ärgerlich, weil die Wartenden im Hafen den Ankommenden entgegenstürmten, sie überschwänglich begrüßten wie nach jahrelanger Abwesenheit. Dabei kamen sie ihnen in die Quere und ignorierten ihre Versuche, das Schiff zu verlassen. Schnappauf, Vaters Bader, versuchte unerschrocken, ihnen einen Weg durch die Menge zu bahnen, er drängelte durch die Menschen und wich dabei nur um Haaresbreite einem großen, braunen Koffer aus, den ein Diener mit Schwung zu Boden warf.

Es dauerte lang, bis sie das Schiff verlassen hatten, und die Stimmung war entsprechend gereizt, aber wenigstens schien zum ersten Mal seit Tagen die Sonne. Es war der 4. November 1881, zwei Tage nach Allerseelen, dem Fest, das auf Sizilien nur *I Morti* – die Toten – hieß.

Ihr Hotel, das Hotel des Palmes, lag in Hafennähe, ein neues, elegantes Haus mit einem großen Garten voller Palmen und exotischer Pflanzen. Die schönsten Räume standen für sie bereit, ein Salon mit schweren Samtvorhängen, prächtigen Kristallüstern, Spiegeln und einem Klavier, ein weiterer mit einem Harmonium, dazu ein großer Wintergarten mit Terrasse und geräumige Schlafzimmer.

Der Hotelbesitzer, Enrico Ragusa, empfing sie am Eingang, er war groß und blond, hatte ein offenes Gesicht mit hoher Stirn, und Blandine erinnert sich rückblickend, dass sie ihn damals für einen Deutschen gehalten hatte. Er begrüßte sie in perfektem Deutsch, war äußerst zuvorkommend, führte sie durch das Hotel und den Garten, den er selbst hatte anlegen lassen, und erklärte ihnen Bäume und Pflanzen: Yucca-Palmen, Araukarien, Drachenbäume. Neben den Orangen- und Zitronenbäumen gab es Bäume, die über und über mit Zedernfrüchten behangen waren. Ragusa hatte eine gepflückt und ihr mit einer kleinen Verbeugung gereicht – sie roch bitter-süßlich. Sie hatte sich darüber gewundert, wie jung er war, höchstens dreißig.

Dann war Rubinstein eingetroffen, wie immer im Laufschritt und mit blitzenden Augen hinter der kleinen Brille. Sein heller Mantel wehte wie eine Fahne um seinen Leib, und die Aufregung stand ihm im Gesicht. Endlich war der Meister angekommen! Blandine tat er häufig leid, dann wieder fürchtete sie sich vor ihm, seinem Eifer, seiner Leidenschaft und seiner Verzweiflung, wenn Papa irgendetwas nicht passte an seinem Spiel oder seiner Partitur.

»Freund Rubinstein!« Papa ging ihm entgegen. Seit einem Monat war Joseph Rubinstein bereits in Palermo, und Mama hatte schon vermutet, dass ihm das nicht gutgetan hatte. »Der arme Rubinstein, und das bei seinen Nerven.« War der Maestro zufrieden mit dem Hotel? Mit den Instrumenten? Würde er komponieren können? Bevor sie überhaupt die Zimmer bezogen, lief Rubinstein zum Klavier, er wollte über den Klavierauszug des zweiten Aufzugs sprechen, an dem er gearbeitet hatte, aber Papa war müde, und Rubinstein entschuldigte sich für seine Eile – er habe die Ankunft des Maestro mit Ungeduld erwartet, ja herbeigesehnt und könne es kaum erwarten, mit der Arbeit zu beginnen. Er spielte ein Nocturne von

Chopin, bevor er sich verabschiedete, und die Töne perlten verloren durch den Raum.

Als Blandine ihre Sachen aus dem Lederkoffer in den Schrank legte, dachte sie an Daniela in Rom. Sie vermisste Daniela, wann immer sie getrennt waren. Sie kam darauf zu sprechen, als die Mutter nach ihr sah.

»Wollen wir hoffen, dass deine Schwester für sich ein Leben findet, Herzenskind«, sagte die Mutter. »Daniela hat ein unabhängiges Naturell … und ihre Stellung bei eurem Großpapa ist erst einmal eine höchst würdige. Nur ein wenig freundliche Gelassenheit muss sie sich angewöhnen.« Sie strich Blandine über den Kopf, bevor sie das Zimmer verließ, um auch nach den Kleinen zu sehen.

Jetzt auf dem Schiff erinnert Blandine sich, wie sie damals ans Fenster getreten ist und noch einmal die exotischen Büsche und Bäume im Garten bestaunt hat. Einige der lateinischen Namen, die Enrico Ragusa genannt hatte, hatte sie bereits wieder vergessen. Die Palmen bewegten sich leicht im Wind, unruhig wandte sie sich vom Fenster ab. Achtzehn Jahre war Blandine alt, und das Leben, das sie mit Mama und Papa, mit Daniela, Isolde, Eva und Siegfried führte, war nicht ihres. Der dicke Teppich schluckte ihre Schritte, als sie zurück zu ihrem Koffer ging, der immer noch nicht ganz ausgepackt war.

»Nichtssagend«, urteilte Mama später am Ankunftstag über die Stadt und schaute Papa an, der mit gerunzelter Stirn aus dem Fenster sah und nickte. Blandine sah erstaunt auf und wollte etwas sagen, schwieg dann aber. Viel hatten sie noch nicht gesehen, ein paar Straßenzüge, die gerade erst erbaut worden waren. Die alte Stadt lag östlich des Hotels, da waren sie noch überhaupt nicht gewesen. Abends lasen sie Shakespeare, Heinrich VI., den ersten Akt.

Blandine kann die Küste nicht mehr erkennen. Der Mond wirft einen silbrigen Streifen auf das Wasser, und die Dunkelheit hat die Farben des Tages verschluckt. Sie erinnert sich daran, wie die Farben und die Intensität des Lichts sie überwältigt haben, anfangs. Sie hatte von ihrem Baedeker aufgeschaut und an die deutschen Winter gedacht, das weiß sie noch. An den grauen November 1875 im Internat in Radebeul bei Dresden. Hatte sie Heimweh gehabt damals? Jedenfalls wollte sie nicht länger im Luisenstift bleiben. Der Himmel, die kahlen Zweige der Bäume und Büsche, die kalten, feuchten Waschräume, alles grau. Hier hingegen war alles Farbe, das Meer glitzerte in hundert Blau- und Grüntönen, der Himmel war so blau wie der in Bayern im Juli. Farbe, wo man hinsah, auch in den Schaufenstern der großen Pasticceria, an der sie auf ihrem Weg vom Hafen zum Hotel vorbeikamen und wo noch die Zuckerpuppen von Allerseelen lagen. Siegfried fragte später den Cavaliere Ragusa nach den bunten Puppen. Der verschwand kurz und kam mit vier Puppen wieder, die er ihnen mit einer Verbeugung überreichte, eine für jeden von ihnen. »Vom besten Zuckerbäcker der Stadt, dem Caflisch«, erklärte er. Der kleine Bruder war begeistert von seinem Ritter, Isolde und Eva freuten sich über zwei Prinzessinnen, und Blandine bekam eine Hofdame mit blondem Haar, blauen Augen und einem roten Kleid mit silbernem Saum. Das kleine O, das den Mund darstellte, war von derselben Farbe wie das Kleid und verlieh dem Gesicht einen erschrockenen Ausdruck. Sie stellte die Puppe erst auf die Fensterbank, dann packte sie sie in den Schrank. Sie wollte sie für Daniela aufheben, aber als die Schwester endlich aus Rom kam, war der Puppe ein zuckerner Arm abgebrochen, und sie warf sie weg.

Später liegt sie wach in ihrer Kabine. Nur schwer kann sie sich von jenen Tagen im November 1881 lösen. Mama hatte ihre Meinung über Palermo bald geändert, sie schwärmte von dem Orangental und der Bucht, die sie an eine schimmernde Muschel erinnerte. Und schon am Tag nach der Ankunft hatte die Sonne Papa milde gestimmt. Er hatte gelacht über den Artikel im *Giornale di Sicilia*, der ihre Ankunft ankündigte, und noch mehr über die Berichte in der deutschen Presse, dass der Maestro in Gefahr sei, von Banditen entführt zu werden. Der Stadtpräfekt machte ihnen ein paar Tage später seine Aufwartung und versicherte, dass ihnen nichts geschehen könne, die Stadt sei sicher. Fürsten und Grafen meldeten ihren Besuch an, und Mama und Rubinstein hatten ihre liebe Not, sie abzuwimmeln, denn Papa musste sich erst einmal einleben, musste wieder anfangen zu komponieren.

»Ein wenig gesellschaftliches Leben werden wir führen«, hatte die Mutter zu Blandine gesagt, »hab Geduld, sobald Papa sich eingelebt hat, empfangen wir und machen Besuche. Ich habe viel Gutes von den hiesigen Adelsfamilien gehört. Schau nach deiner Garderobe, eventuell kann Daniela uns etwas aus Rom schicken. Wir müssen das Beste aus dem machen, was wir haben ...«

Blandine war es recht, denn Mama absolvierte derweil

mit ihnen das Touristenprogramm: der Königspalast mit der Cappella Palatina, der Dom, die Villa Giulia, der Giardino Inglese, Monreale mit seinem Dom und dem Kloster. Sie bestaunte die Quattro Canti, an denen sich die Via Maqueda und die Via Vittorio Emanuele kreuzen und deren barocke Palazzi die Mutter als geschmacklos bezeichnete, die prächtige Marina, die Uferpromenade, und die neue Via della Libertà, die schnell Papas Lieblingsstraße wurde, in der er Tag für Tag flanierte, wenn er genug gearbeitet hatte. Herr Ragusa brachte Rosen, die wunderbar dufteten und Papa begeisterten, der sich zuhause immer beklagte, dass die Rosen überhaupt nach nichts mehr rochen. Der Cavaliere gab sich alle Mühe mit ihnen, und Mama konnte sich schließlich doch auf einen Preis mit ihm einigen, nachdem sie bereits einige Wohnungen angesehen hatten, die aber nicht gefielen – zu dunkel und feucht waren sie.

Herr Ragusa war Naturforscher, er sammelte Insekten und Schmetterlinge in großen schweren Holzkästen mit Glasdeckeln, die ihren Bruder faszinierten. Einen ganzen Nachmittag lang erklärte er Siegfried geduldig alle Arten und wo er sie gefunden hatte. Im Gegenzug zeigte Siegfried ihm seine Zeichnungen: Straßenansichten von Palermo, von seinen Menschen und Bauten, vom Monte Pellegrino.

Der Monte Pellegrino – auch das fällt ihr wieder ein: Sie weiß noch, wie ängstlich die Mutter war, als Siegfried den Monte Pellegrino bestieg, zusammen mit Herrn Türk, seinem Lehrer. Sie ritten auf Eseln und kehrten staubig und verschwitzt, aber fröhlich zurück. »Was für ein Blick«, rief Fidi und zeigte ihnen eine Zeichnung der Bucht, für die er ein Lob von Papa bekam. Dann die beiden Affen, die in einem großen Käfig auf der Hotelterrasse gehalten wurden und an denen sie sich erfreuten. Leider starb einer kurz nach ihrer Ankunft, ein Junge hatte ihm einen Kaktus zu fressen gegeben, und die Schreie seines trauernden Gefährten hatte sie lange nicht vergessen. Und dann der Uhu im Garten der Villa Florio, den sie regelmäßig besuchten, so faszinierte sie das majestätische Tier. Überhaupt, Tiere, überall waren Tiere, aber die Menschen behandelten sie oft lieblos: streunende, hinkende Hunde auf der Suche nach etwas Essbarem, die die Zähne fletschten, räudige Katzen, dürre Esel, die vor die bunten, traditionell bemalten Karren gespannt waren, und allerlei exotische Tiere – Papageien, Affen, Kamele, die der Adel sich hielt. Einer der Kellner, der Deutsch sprach, erzählte ihnen beim Frühstück, als sie Schüsse hörten, dass das Volk hier Jagd auf Vögel mache – es sei zurückgeblieben und störrisch, man könne nichts anfangen mit diesen Leuten und sie an der Barbarei nicht hindern. Dann schwärmte er von Ancona, seiner Heimat.

Tag für Tag wartete sie auf Nachricht von Daniela aus Rom, doch wenn es stürmte, kam keine Post. Die Gespräche der Eltern verstummten manchmal, wenn sie oder ihre Geschwister sich näherten, dann wechselten sie Blicke und schwiegen. Nachts lag Blandine wach und dachte über ein eigenes Leben nach. Manchmal stand sie dann auf und öffnete das Fenster, um die milde, nach der See duftende Nachtluft ins Zimmer zu lassen.

2

Nach dem Fest der Toten

November 1881

Die sorgfältig über der wächsernen Stirn von Madame Sophie arrangierten braunen Löckchen beginnen zu zittern.
Je veille en tremblant
Sur ta faible enfance ...

Erst leicht, dann immer heftiger, je höher ihre Stimme aufsteigt.
Dors, mon espérance,
Dors, ô mon enfant!

Caterina Scalia fühlt ein Kribbeln im Bauch, sie räuspert sich, gleich wird sie anfangen zu lachen. Sie schaut auf den goldenen Zeiger der Uhr auf dem Kaminsims, der sich kaum bewegt hat, seit sie das letzte Mal hingesehen hat.

»Mademoiselle, bitte, versuchen Sie es noch einmal!«

Tina hat keine Lust mehr. Madame Sophie kann nicht singen, sie kann nicht nur nicht singen, sie versteht die Musik nicht, ihre Crescendi und Decrescendi sind falsch.

»Madame Sophie, bitte entschuldigen Sie mich einen Augenblick, ich bin sofort wieder da.« Sie deutet einen Knicks an und verlässt den Raum. Auf dem langen Flur begegnet sie ihrer Mutter.

»Ist Madame Sophie schon weg?«

»Nein, aber ... die Stunde ist fast zu Ende.« Sie schaut ihre Mutter schuldbewusst an.

»Tina! Sie ist nun mal die einzige gute Lehrerin, die ich in Palermo auftreiben konnte. Es ist nicht zu ändern, wir sind nicht mehr in Neapel, London oder Parma.«

Tina zieht eine Grimasse, und ihre Mutter muss lachen.

»Na gut, ich sage ihr, dass du unpässlich bist.« Kopfschüttelnd geht sie davon, und Tina sieht ihr dankbar nach. Beinahe tut es ihr leid, die arme Madame Sophie gibt sich Mühe und ist sicher die beste Gesangslehrerin der Stadt, eine ältere Dame, die vor langer Zeit im Opernchor des San Carlo in Neapel gesungen hat und auf verschlungenen Wegen nach Palermo gelangt ist, wo sie sich mit Gesangsstunden ein paar Lire verdient.

»*Dors, mon espérance, dors, ô mon enfant ...*«

Sie summt die Melodie, die ihr seit Tagen nicht aus dem Kopf geht, und läuft in ihr Zimmer, bevor Madame Sophie auf dem Flur auftaucht.

Als ihre Mutter wenig später eintritt, blättert sie in einem der Bücher, die der Vater ihr gegeben hat, eine kunstvoll gebundene Geschichte Siziliens.

»Es tut mir leid, ich wollte die arme Madame Sophie nicht verärgern«, murmelt Tina und sieht von dem schweren Band mit Goldschnitt auf.

»Das weiß ich. Und dass sie nicht singen kann, weiß ich auch. Tesoro, hör zu, ich habe einen Plan!« Die dunklen Augen der Mutter leuchten. »Dass Richard Wagner mit seiner Familie in der Stadt ist, habe ich dir gesagt, nicht wahr? Im Des Palmes sind sie, und die Gräfin Tasca will uns vorstellen!«

»Ja und?«, fragt Tina lahm. Sie kann der Mutter nicht folgen.

»Du sollst vor dem Maestro singen! Nicht gleich morgen natürlich, aber ...«

»Morgen?«

»Eben nicht morgen. Morgen fahren wir nur zum Tee ins Des Palmes. Du wirst sehen, mein Schatz, so schlecht ist Palermo nicht. Irgendwann ist das Opernhaus fertig, und es wird größer und prächtiger sein als das in Neapel.«

Tina liebt und bewundert ihre Mutter, die immer optimistisch ist und voller Ideen. Sicher hat sie auch diesmal recht: Palermo ist ihre Heimat, und die Rückkehr hierher nach den Jahren in all den anderen Städten ist kein Unglück. Jetzt also Wagner.

»Wir können den Maestro unmöglich hier empfangen.« Die Mutter ist aufgestanden und zupft an den schweren Samtvorhängen, deren Grün von der Sonne verblichen ist. »Überhaupt, dieser Palazzo ... Ich höre ja schon auf«, lacht sie, »schau mich nicht so an. Deinem Vater muss man Dinge öfters sagen, damit er sie versteht.«

»Papà vielleicht, aber mir nicht!«

»Ich weiß, mein Schatz. Komm, wir fahren auf die Marina, es ist mild draußen. Und das im November. In London müssten wir jetzt alle Öfen heizen lassen und würden uns vor jeder Kutschfahrt fürchten. Weißt du noch, wie grau es dort im November ist?« Tina erinnert sich nur zu gut daran, an endlose

Winter und einen feinen Regen, der Tag und Nacht fällt und den Asphalt schon am Spätnachmittag im Licht der Straßenlaternen glänzen lässt. Sie liebt London, die prächtigen Straßen, Wyndham Place und Hanover Terrace, wo sie gewohnt haben, sie liebt die Sommerwiesen mit den Gänseblümchen und der beinahe schüchternen Sonne. Sie ist in London geboren, so wie ihre Mutter, aber im Gegensatz zu dieser, die dunkel ist, sieht Tina auch aus wie eine Engländerin: blond und blauäugig, schmale Züge, lange Nase. Ihre Französischlehrerin in London hatte ihr Gesicht einmal der Gesangslehrerin gegenüber als freundliches Pferdegesicht bezeichnet. Die beiden hatten nicht gemerkt, dass sie in der Tür stand, und waren zu Tode erschrocken, als sie in schallendes Gelächter ausbrach. Tina muss jetzt noch manchmal darüber lachen, wenn sie in den Spiegel schaut. Ihre Mutter war empört, wollte beide Lehrerinnen wegschicken, sie hält ihr eigenes rundes Gesicht für einen Makel und lässt grundsätzlich keine Kritik an ihrer Tochter zu. Nur mit Mühe hat Tina die Entlassungen verhindern können. Aber ihr ist bewusst, dass sie keine klassische Schönheit ist – sie ist überdies groß, sehr groß mit ihren 1,82, und die Leute in Palermo bleiben auf der Straße stehen und starren sie an wie eine Zirkusattraktion. Vorgestern hat sie einem kleinen Jungen die Zunge herausgestreckt und dabei geschielt, als seine Gouvernante sich einen Augenblick wegdrehte. Er begann zu weinen und zu schreien und zeigte mit dem Finger auf sie, und der Gouvernante war das furchtbar peinlich, sie entschuldigte sich wieder und wieder und zog den heulenden Jungen weg.

Palermo ist ihre Heimat, die Heimat des Vaters, die er nach

der missglückten Revolution von 1848, bei der ein Teil des hiesigen Adels vergeblich um die Unabhängigkeit Siziliens von der bourbonischen Herrschaft gekämpft hatte, verlassen musste. Der Vater war ein glühender Anhänger Ruggero Settimos gewesen, des Fürsten, der die Revolution angeführt und immerhin etwas länger als ein Jahr Sizilien regiert hatte, bevor die Bourbonen den Aufstand niederschlagen konnten. Ruggero Settimo war nach Malta geflohen, ihr Vater und sein Bruder nach England. Im Exil lernte er Tinas Mutter kennen, sie selbst wurde in London geboren. Ihr Vater schloss sich 1860 Garibaldi an und machte dann im Heer des vereinigten Italien Karriere, er ist bis zum General aufgestiegen und in verschiedenen Städten stationiert gewesen. Manche passten der Mutter und ihr besser als andere, sie nahm Gesangsstunden in Turin, in Florenz und Neapel … Dann ging der Vater in Pension, und jetzt sind sie seit anderthalb Jahren zurück in Palermo, der fremden Heimat. Für immer.

Tina hört die Mutter mit dem Dienstmädchen sprechen, sie gibt Anweisungen, welche Kleider für den Tee morgen im Hotel des Palmes aufgebürstet werden sollen. Nicht zu elegant, es ist ein Nachmittagsbesuch, aber doch ein Kleid von Worth für Tina, sie soll auffallen, immerhin spricht man in bestimmten Kreisen über ihre Karriere als Sängerin. Will sie das? Sie liebt die Bühne, den Moment, wenn sie ins Rampenlicht tritt und es ganz still wird, eine Stille, die dann von ihrer Stimme unterbrochen wird. Aber es wäre ein einsames Leben, selbst wenn die Mutter sie überallhin begleiten würde.

Tina verscheucht die Gedanken und tritt aus ihrem Zimmer. Sie hört unten im Hof die Kutsche vorfahren. Die Nachmittagssonne fällt auf die Piazza Marina mit ihrem kleinen Park, der so anders ist als die englischen Gärten in London, wilder und ungezähmter, mit dem großen Ficus Benjamin, mit seinen Palmen und Drachenbäumen. Dazu die selbst im November blühenden Oleanderbüsche mit ihren weißen, rosa- und fuchsiafarbenen Blüten – Farben, die in der Nachmittagssonne so intensiv sind, dass sie blinzeln muss.

Ihre Mutter trägt immer noch den schwarzen Umhang ihrer Trauerkleidung, über ein Jahr haben sie um die jüngere Schwester des Vaters getrauert, die an Krebs gestorben ist, und Tina war froh, als ihr zu Karneval erlaubt wurde, die Trauerkleidung abzulegen und auf einen der Bälle zu gehen. Feiern können die Sizilianer besser als die Engländer, das gefällt ihr gut. Selbst die Toten werden gefeiert – vor ein paar Tagen, am Totensonntag, sind sie wie alle sizilianischen Familien auf den Friedhof gegangen und haben der verstorbenen Tante ihre Leibspeise aufs Grab gestellt: ein Stück *cassata,* süßer, schwerer Kuchen mit kandierten Früchten und Ricottacreme.

Sie steigt zu ihrer Mutter in die Kutsche, die durch die Porta Felice fährt und nach wenigen Minuten die Marina erreicht, auf der bereits der übliche nachmittägliche Verkehr der Kutschen, Droschken und Landauer herrscht.

»Da vorn ist der Wagen der Fürstin Butera, siehst du, Tina? Sie haben uns zu einer Landpartie nach Bagheria eingeladen. Und sieh nur, dahinten die Kutsche – das muss der Großherzog von Mecklenburg-Schwerin sein! Seine Schwester hat einen Bruder des russischen Zaren geheiratet und trägt wunderbare Ketten aus schwarzen Perlen, die ganze Stadt spricht darüber.«

Eine Kapelle spielt auf der Promenade, vor den Gelaterien herrscht Betrieb. Die Menschen hier lieben Eiscreme, Sorbets und Granita, *pezzi duri, spumoni, cassata* – alle Formen süßer Kälte. Prächtige Kutschen stehen vor der Gelateria Ilardo, die Kellner laufen mit silbernen Tabletts hin und her, auf denen Glasschalen mit Eis und Brioches und kleine Teller mit Sahne stehen. An den Tischen vor der Gelateria sitzen sorgsam gekleidete Damen und Herren, sie versuchen, nicht zu offensichtlich die Kutschen anzustarren, in denen sich die vornehmsten Damen der Stadt ihr Eis servieren lassen. Tinas Mutter winkt einem der Kellner, dann zeigt sie auf eine Gestalt, die mit gesenktem Kopf die Promenade entlanggeht.

»Da – das muss Richard Wagner sein, siehst du?«

Neben ihm geht eine große, schlanke Frau, die beiden sind in ein Gespräch vertieft und scheinen nichts von dem wahrzunehmen, was um sie herum passiert, nicht die Menschen, die sich nach ihnen umdrehen, nicht die Kapelle, die jetzt einen Marsch spielt, nicht das Meer, nicht die drei Segelschiffe, die langsam in den Hafen einlaufen. Es ist windig, kleine weiße Schaumkronen glitzern auf dem tiefblauen Wasser, und jetzt bleibt Richard Wagner stehen und hält das schwarze Barett aus Samt fest, das er auf dem Kopf trägt. Die Frau ist ebenfalls stehen geblieben, und Tina sieht, wie er sich zu ihr dreht und ihr die Hand auf den Arm legt. In der Geste liegt eine Vertrautheit, die sie rührt. Die beiden sind allein an diesem Nachmittag am Meer.

»Rachel Varvaro sagt, er komponiert in den frühen Morgenstunden. Eine englische Gräfin soll aus dem Hotel abgereist sein, weil sie sich gestört fühlte. Und wenn sie zum

Tee empfangen und der Maestro eine Inspiration hat, schickt Donna Cosima die Gäste weg.«

Tina sieht, dass ihre Mutter aufgeregt ist, ihre Wangen sind gerötet.

»Lohnt es sich dann wirklich, das neue Kleid von Worth aufzubürsten? Wenn er seine Inspiration direkt nach der Begrüßung hat und wir verscheucht werden, reicht doch auch ein Kleid von Signor Sciortino.«

Sie lachen beide, als der Kellner kommt und Pistazieneis serviert – mit viel Sahne für Tina.

Am Nachmittag des nächsten Tages ist Tina doch nervös, als die Kutsche der Gräfin Tasca, die sie abgeholt hat, vor dem Hotel des Palmes hält. Die ganze Fahrt über reden die Mutter und die Gräfin über den Maestro, die Schwierigkeit, in einem Hotel zu komponieren, wo er dauernd gestört wird durch anreisende und abreisende Gäste und solche, die sich über die Musik in den frühen Morgenstunden beschweren. Wieder andere beobachten ihn und seine Familie oder sprechen ihn an, wenn er seine Ruhe haben will.

»Er braucht ein anderes Quartier«, sagt die Gräfin entschieden, »das habe ich Donna Cosima schon gesagt. Ragusa mag sich Mühe geben, aber er hat noch andere Gäste, um die er sich kümmern muss.«

Dann schweift das Gespräch ab, und die Gräfin schwärmt ihnen von der Ehefrau des Hotelbesitzers vor. Die Marchesa Lucia Cozzo Salvo di Pietraganzili ist die Tochter einer engen Freundin der Gräfin und gilt als eine der schönsten jungen Frauen der Stadt. Enrico Ragusa ist attraktiv und wohlhabend – »aber adlig ist er nicht«, sagt die Gräfin pikiert. Mit einem vielsagenden Blick fügt sie hinzu: »Er hat eine Schwäche für die weiblichen Gäste seines Etablissements und für Insekten.«

Ihre Stimme klingt kühl, und ihre asketischen, harten Züge wirken noch strenger. Jetzt zieht sie die linke, markante schwarze Augenbraue kaum merklich nach oben.

»Die Marchesa ist zum dritten Mal schwanger, armes Kind«, sagt die Gräfin. »Stellen Sie sich vor, kurz nach der Hochzeit hat sich der König selbst auf einem Ball nach der Marchesa erkundigt, sie war ihm aufgefallen. Eine der schönsten jungen Frauen der Stadt, *comme c'est dommage* ...«

Am Anfang hat sich Tina vor der strengen Gräfin Tasca gefürchtet: Donna Beatrice Lanza Branciforte, Gräfin von Almerita, und Graf Lucio Mastrogiovanni d'Almerita Tasca sind Freunde ihres Vaters, die sich nach ihrer Ankunft in Palermo um sie gekümmert haben. Uralt kamen sie Tina vor, beide mager und mit strengen Zügen. Vor allem die Gräfin hat zu allem und zu jedem eine Meinung und verkündet diese mit Grabesstimme wie ein endgültiges Urteil. Während Tina in Gegenwart der Gräfin schon bei der ersten Begegnung verstummte, reagierte ihre Mutter mit großer Dankbarkeit und Herzlichkeit auf alle Hinweise, Ratschläge und Zurechtweisungen, sodass die Gräfin inzwischen wesentlich seltener im Gespräch mit ihr die linke Augenbraue hochzieht und manchmal sogar lächelt. Niemals Tina gegenüber, die sie nur »Mademoiselle Caterina« nennt und häufig kritisch mustert. Tina ertappt sich oft dabei, dass sie in Gegenwart der Gräfin unentwegt an ihren Haaren oder ihrer Kleidung zupft.

Jetzt wechselt ihre Mutter das Thema und fragt die Gräfin nach den Wagner-Kindern.

Als sie das Hotel betreten, versucht Tina noch, sich die Namen einzuprägen, aber sie weiß schon nicht mehr, ob Daniela diejenige ist, die in Rom bei Franz Liszt ist, dem berühmten Großvater, oder Isolde. Der »erfolgreiche junge Mann« begrüßt sie, und sein Lächeln und der formvollendete Handkuss scheinen sogar die Gräfin einen Moment lang zu entwaffnen. Ihre schmalen Lippen verziehen sich zu so etwas wie einem Lächeln, ein kurzes Zucken, dann presst sie den Mund wieder zusammen. Anschließend führt er sie in einen Salon, wo ihnen die Frau entgegentritt, die sie gestern auf der Uferpromenade gesehen haben. Groß ist sie, so groß wie Tina selbst, sehr schlank, mager fast, ihre Kleidung schlicht, aber elegant, eine weiße, hochgeschlossene Bluse, ein dunkler Rock, und ihre Haltung hat etwas Herrschaftliches. Sie begrüßt die Gräfin herzlich, dann wendet sie sich ihnen zu und stutzt einen Moment, als sie Tina sieht. Das Gesicht ist nicht schön, trotzdem kann sich Tina nicht losreißen, die lange Nase, oben schmal, unten breiter, die recht eng zusammenstehenden großen Augen, der schmale Mund, sie ist fasziniert von diesem Gesicht, das so ungewöhnlich ist, dass man den Blick nicht abwenden kann.

»Wie schön, dass Sie hier sind, meine Liebe«, sagt Donna Cosima jetzt zu Tinas Mutter, sie muss sich herabbeugen, denn ihre Mutter ist viel kleiner – »und das ist Ihre Caterina? Wir haben schon viel von ihr gehört, über ihre Stimme spricht die ganze Stadt!«

Die Mutter wird rot vor Freude, Tina ist es peinlich, und Donna Cosima versichert, dass der Maestro darum gebeten hat, dass Tina ihm vorsingt. Dann bittet sie sie zu Tisch, wo zum Tee eingedeckt ist. Zögernd erhebt sich eine junge Frau von dem Sofa, sie ist kleiner als Donna Cosima, das Gesicht runder, der Schwung der Augenbrauen und ihr Blick geben ihr einen ängstlichen, zumindest schüchternen Ausdruck, ihr blondes Haar ist weniger elegant als das der Mutter nach hinten gesteckt.

Donna Cosima stellt sie als ihre Tochter Blandine vor und … ach ja, jetzt fällt es Tina wieder ein, die zweitälteste; und keine Tochter von Wagner, sondern von dem Pianisten, wie hieß er noch gleich? Hans von Bülow. Die älteste, Daniela, die in Rom bei Liszt ist, dem Vater Cosima Wagners, und Blandine, die zweitälteste, sind Töchter des Pianisten. Von dem hat sich Donna Cosima scheiden lassen, und die Gräfin hat ihnen versichert, es sei kein Skandal gewesen, weil sich der bayrische König höchstpersönlich eingemischt und die Ehe gelöst habe. Was für ein Unsinn, denkt Tina, wer weiß, woher die Gräfin das hat. Ebenso die Geschichte, dieser König sei dem Maestro hörig und zahle ihm jede Summe, die er haben wolle. Sie schaut Donna Cosima und ihre Töchter an – sie sind gut, aber schlicht gekleidet. Nichts weist auf übermäßigen Luxus hin.

Ein Kellner kommt mit dem Tee, dazu serviert er Canapées und Sandwiches, man spricht über den englischen Tee, der in Palermo gerade in Mode ist, dann über das milde Klima und den Garten des Hotels, den Ragusa hat anlegen lassen. Die Gräfin erkundigt sich nach der Arbeit des Maestro – macht man ihm den Aufenthalt so angenehm wie möglich? Stört ihn auch niemand? Donna Cosima klagt über ein russisches Paar, das bei seiner Anreise gegen Abend so laut war, dass der Maestro nicht in Ruhe lesen konnte. Dass das Essen nicht immer bekömmlich ist und sie gestern den Arzt rufen musste. Zum Glück ist ein deutscher Arzt in der Stadt.

Tina sieht, dass Blandine ebenso an den Lippen ihrer Mutter hängt wie die Gräfin und ihre eigene Mutter. Die Alltagssorgen des Meisters klingen aus dem Mund seiner Frau wie eine Offenbarung, an der sie ihre Gäste teilhaben lässt. Tina nimmt eins der Sandwiches, der Käse schmeckt scharf, zu intensiv, und sie lässt es nach einem Bissen auf dem Teller liegen. Blandines Züge wirken weich und mädchenhaft neben denen ihrer Mutter, und ihre Augen sind von einem sehr hellen Blau. Sie lächelt Blandine an, will sie irgendwie in ein Gespräch verwickeln, aber da hat die sich schon wieder ihrer Mutter zugewandt, die mit der Gräfin mögliche Unterkünfte bespricht.

Dann ist es ihre eigene Mutter, die das Gespräch unterbricht.

»Und der Maestro? Werden wir …« Sie verstummt, als sie den strengen Blick der Gräfin sieht.

»Der Maestro ruht«, sagt Donna Cosima, sie verkündet ein Verdikt, das nicht erläutert werden muss. Einen Moment herrscht Stille, Blandine blinzelt, es scheint, sie will etwas sagen, aber dann bricht Donna Cosima das Schweigen und erzählt von einem Motiv im dritten Akt des *Parsifal,* das sie besonders bewegt, erläutert, dass ein befreundeter Pianist mit nach Palermo gereist ist und an dem Klavierauszug arbeitet. »Ohne Rubinstein kann mein Mann nicht komponieren, fast jeden Abend spielt der ihm vor, was er arrangiert hat. Es ist ein Segen, dass wir ihn haben und dass er mit uns reist …«

Tina hört nicht mehr zu, sie studiert das Porzellan, auf den feinen Tellern sind kleine Maiglöckchen, sie erinnert sich an die Maiglöckchen in London, hier hat sie sie nie gesehen. Als die Gräfin kurz darauf ihren Aufbruch ankündigt, ist sie erleichtert, auch wenn sie die Unzufriedenheit ihrer Mutter spürt.

»Madame Scalia, mein Mann möchte Ihre Tochter wirklich singen hören – uns ist so viel von ihrem Talent erzählt worden!« Donna Cosima nimmt Tinas Hand, die Geste hat eine natürliche Eleganz, und ihre Hand ist angenehm kühl. Tina spürt, wie sie rot wird.

»Man übertreibt gern in Palermo«, sagt sie, »und ich möchte den Maestro nicht enttäuschen, er ist andere Stimmen gewohnt aus Bayreuth.«

Nun mischt sich die Gräfin Tasca ein, sie versichert Donna Cosima, dass Tina bescheiden ist und ihre Stimme nicht nur in Palermo, sondern auch in Neapel Stadtgespräch.

»Wir sind – wie so oft – dem Kontinent hinterher, liebe Donna Cosima, wenn nur endlich das Opernhaus fertig würde! Über Caterina Scalia spricht man am San Carlo in Neapel, nicht wenige halten sie für die nächste Adelina Patti! Der Maestro wird begeistert sein!«

Tina ist es unangenehm, sie unterbricht die Gräfin – in dem Wissen, dass sie unhöflich ist – und wendet sich an Blandine:

»Es hat mich gefreut, Sie kennenzulernen, Mademoiselle Blandine. Die Stadt haben Sie sicher schon besichtigt, aber gern zeigen wir Ihnen die Cafés und Pasticcerien. Da ist Palermo unübertroffen, nicht wahr, Mama?«

3

Immacolata

8. Dezember 1881

Blandine steht unschlüssig im Dämmer des kleinen Ladens. Der Besitzer wartet hinter der schweren dunklen Holztheke, auf der er die Handschuhe ausgebreitet hat, und sie spürt seinen Blick auf sich ruhen. Eine Tür, die in die hinteren Räume führt, ist nur angelehnt, dahinter raschelt es, und sie glaubt, durch den Spalt eine Bewegung zu sehen.

»Das Kalbsleder ist von allerfeinster Qualität.«

Sein Französisch hat einen starken Akzent, aber das Italienisch hat sie überhaupt nicht verstanden, sein Dialekt hat nichts mit dem zu tun, was in ihrem Italienisch-Lehrbuch steht. Die Mutter lobt Fidi, weil er sich auf Sizilianisch unterhalten kann mit Händlern und Straßenjungen. Für Blandine klingt das Sizilianische wie ein nicht enden wollender Zauberspruch, eine Beschwörung fremder Mächte.

Der Ladenbesitzer schaut sie prüfend an, jetzt ruft eine Frauenstimme von hinten etwas, das sie nicht versteht. Der Mann – er ist klein und dick, sein dunkelgraues Jackett spannt über dem Bauch, die Nase ist fleischig, der Blick verhangen unter schweren Lidern – schlurft in Richtung Tür, erwidert lautstark etwas und schließt sie.

»Ja … ich nehme … die hellbraunen, die hier.« Sie greift nach den Handschuhen, die ihr der Mann zuletzt hingelegt hat.

»Sehr gute Wahl, Mademoiselle, schauen Sie sich die Nähte an, wie die verarbeitet sind. Und die Farbe ist äußerst beliebt, sie passt zu allem.«

In dem Laden riecht es nach Leder und Staub, der hohe Raum ist vom Boden bis zur Decke mit dunklem Holz getäfelt, Holzkommoden säumen die Wände. Der Mann hat viele Schubladen aufgerissen, um ihr die neusten Modelle zu zeigen, und alle sind vollgestopft mit Handschuhen.

Als sie in ihrer Tasche nach dem Geldbeutel sucht, wehrt er ab.

»Aber Mademoiselle Wagner, wir schicken die Rechnung natürlich ins Hotel. Einen Augenblick, ich schlage Ihnen die Handschuhe in Seidenpapier ein.«

Woher kennt er sie?

Er hat ihr Zögern bemerkt und lacht, dabei muss er husten, es ist ein bellender Husten, der seinen ganzen Körper schüttelt.

»Die Stadt spricht über nichts anderes als den Besuch des Maestro. Es ist mir eine Ehre, dass Sie in meinem bescheidenen Laden kaufen.« Er macht einen Diener, der ihr in seiner Unterwürfigkeit unangenehm ist. Sie denkt an Tina, Tina Scalia, mit der sie gestern einen Ausflug in den Botanischen Garten gemacht hat und die ihr die Regeln erklärt hat, die hier gelten. Sie sehen sich häufig, Tina und ihre Mutter laden sie ein, wenn sie nachmittags in eine Pasticceria fahren oder an der Marina Eis essen. Beide, Mutter und Tochter, lieben Süßes – vor allem Tinas Mutter, die ihnen versichert, dass sie nur zuschaut, wenn sie losfahren, dann ein Sorbet ohne Sahne bestellt und später Tinas Sahne auffisst, worüber beide lachen. Madame Scalia ist klein und korpulent und hat ein hübsches Gesicht, sie sieht völlig anders aus als Tina, die man mit ihren länglichen, englisch anmutenden Zügen nie für ihre Tochter halten würde. Die beiden sind unzertrennlich, Tina sagt, ihre Mutter sei ihre beste Freundin. Und wer sie heirate, heirate die Mutter mit. Als sie das sagt, schüttelt Madame Scalia den Kopf: Wie man denn so einen Mann finden wolle – aber vielleicht braucht Tina keinen, sie soll Sängerin werden, dann kann ihre Mutter sie immer begleiten. Tina hat sich über die Verhaltensregeln in Palermo lustig gemacht. In bestimmten gesellschaftlichen Kreisen betritt man keine Ladenlokale, man bestellt nur und lässt sich alles nach Hause bringen. Und natürlich geht man niemals allein irgendwohin.

Blandine ist nicht allein, sie ist mit Eva, Isolde, Fidi und der Gouvernante zu einer Prozession gegangen. Der Kellner aus Ancona hat ihnen beim Frühstück von diesem Fest erzählt, das in Palermo gefeiert wird, dem Fest der Immacolata, der unbefleckten Empfängnis Mariens. Die Prozession zu Ehren der Muttergottes sei sehenswert. Nirgendwo werde Maria so verehrt wie auf Sizilien. Papa wollte in Ruhe komponieren, später würde Rubinstein dazukommen, die Mutter musste Briefe beantworten, deshalb waren sie allein mit der Gouvernante zu der Prozession gegangen, die sich langsam über den Cassaro in der Altstadt bewegte. Dann hatte sie in einer Seitenstraße den Laden gesehen. Sie war geflohen, denn der

Lärm, das Gedränge, die Schreie der Träger waren unerträglich. Auf langen Holzstecken stemmten sie die Statue hoch, schleppten sie ein paar Meter und setzten sie dann wieder ab. Im Laufe des Vormittags war es warm geworden, die Sonne schien hell von einem blauen Himmel, und sie hatte gesehen, wie den Trägern der Schweiß über die Stirn lief. Die Menschen stießen und schubsten, sie drängelten, alle wollten die Füße der Statue berühren, Frauen hatten ihre Babys auf dem Arm und streckten sie der Madonna entgegen, sie schrien und weinten, sie flehten sie an, und Blandine wurde einen Moment lang schwarz vor Augen.

Tina hatte sich auch über das Fest lustig gemacht – den Menschen hier war jede Gelegenheit recht, die Madonna anzubeten.

Blandine steckt die Handschuhe in ihre Tasche, bedankt sich und geht aus dem Laden. Sie sieht, wie am Ende der Gasse die Menschenmenge die Via Maqueda entlangwogt, und dreht sich um. Wenn sie durch diese Seitenstraße geht, dann rechts und wieder rechts, müsste sie zum Hotel kommen. In der engen Gasse ist es still, nur ein paar Sonnenstrahlen verirren sich zwischen die heruntergekommenen drei- und vierstöckigen Häuser. Ein Fensterladen wird zugeklappt, in der Ferne schreit eine heisere Frauenstimme etwas, das sie nicht versteht. Schnell geht sie die Gasse entlang, weg von den Menschen und Ausdünstungen, die nach Armut und Entbehrung riechen. Die Gasse scheint noch enger zu werden, plötzlich tauchen zwei kleine Jungen auf, sie rennen auf sie zu, tanzen um sie herum, lachen und laufen weiter. Sie biegt rechts in eine ebenso schmale Gasse ab, wo ihr ein Mann entgegenkommt, dem eine Schar Kinder nachläuft. Seine Kleidung ist ärmlich, so wie die der Kinder, es sind bessere Lumpen, drei der ganz Kleinen sind barfuß, sie scheren sich nicht um den Unrat auf der Gasse, Gemüseabfälle, schmutzige Pfützen, Kot. In der Hand hält der Mann einen langen Stecken, an dem etwas klebt, er streckt ihn hoch in die Luft, und die Kinder hängen an seinem Kittel, sie ziehen an den Ärmeln, er lacht und bleibt plötzlich stehen. Sie bleibt auch stehen, um zu verstehen, was die Kinder von dem Mann wollen. Dem größten Jungen hält der Mann jetzt den Stecken hin, und der beginnt daran zu lecken. Die anderen stehen stocksteif da, dann schreien plötzlich alle wie auf Kommando los, und der Mann zieht dem Jungen den Stecken weg und hält ihn einem anderen Kind hin. Sie erkennt eine Art Bonbon an dem Stock, eine klebrige rote Kugel, und dass der erste Junge dem Mann eine kleine Münze gibt. Das Schauspiel wiederholt sich, das Geschrei wird lauter und lauter, Fenster öffnen sich, und Menschen schauen auf die Szene und rufen etwas herab, sie starren auch sie an und zeigen auf sie, jetzt dreht sich der Mann zu ihr und kommt mit seinem Stock auf sie zu. Blandine geht schnell weiter, sie blickt sich suchend um und biegt nach links ab in eine weitere Gasse und dann noch mal. Es ist kühl geworden, in den Gassen ist es feucht, sie zieht sich das Wollcape fester um die Schultern. Die Häuser rechts und links von ihr scheinen sich über ihr einander zuzuneigen, als wollten sie die Gasse zum Himmel hin abriegeln. Immer wieder einmal öffnen sich eine Tür oder ein Fenster, und jemand beugt sich heraus und ruft ihr etwas zu, einmal wird an einem Strick ein Korb heruntergelassen, dann klatscht neben ihr schmutziges Wasser auf die Straße. Ein Händler kommt ihr entgegen, auf seinem Kopf balanciert er ein Tablett mit gegrillten, vor Öl triefenden, kaum erkennbaren Gemüsestücken, er preist seine Ware an, und ein paar Frauen laufen aus den Häusern, um sie zu begutachten. Auch sie starren sie an und rufen etwas, sie schreien, und Blandine geht schnell weiter. Als sie in die nächste Gasse biegt, weiß sie, dass sie endgültig die Orientierung verloren hat.

Wie oft ist sie nach rechts gegangen? Hätte sie nicht längst an der großen Straße ankommen müssen? Suchend sieht sie sich um, die Gasse zu ihrer Linken scheint größer zu sein, und sie läuft hinein, um nach wenigen Minuten auf einen kleinen Platz zu gelangen. Eine Glocke beginnt zu läuten, sie schaut sich um und entdeckt die Fassade einer Kirche, die zwischen zwei niedrigen Häusern eingeklemmt ist. Der Platz ist eine Sackgasse, sie muss umdrehen, da taucht ein Bettler auf. Er ist kleinwüchsig, hat einen Buckel, die Gesichtszüge sind grob, und seine Stimme ist jammernd hoch, mit einem näselnden Tonfall. Sie versteht nur »Signuuura, Signuuura« und weicht zurück. Sie spürt, wie ihr der Schweiß ausbricht, und nestelt in ihrer Tasche nach einer Münze.

»Sie sollten nicht allein hier herumlaufen, Fräulein Blandine.«

Seine Stimme klingt nicht überrascht, nur belustigt. Sie dreht sich um und sieht Enrico Ragusa, den Hotelbesitzer. Er trägt einen tadellos sitzenden braunen Anzug, an den Rändern der sauber geputzten Schuhe klebt etwas Schmutz, und an der Hand hält er ein acht- oder neunjähriges Mädchen, das ein dunkles Kleidchen trägt wie eine kleine Nonne.

»Gut für heute, Elvira«, sagt er zu ihr, »ich muss Signorina Blandine zurück zum Hotel bringen.«

Die Kleine lächelt nicht. Die hellblonden Haare sind zu einem Zopf geflochten, der ihr über den dunklen Stoff der Kutte in den Rücken fällt, ihre Augen stehen schräg in dem schmalen Gesicht und sind grün wie die einer Katze. Blandine starrt sie an und wird rot, als die Kleine ihr die Zunge herausstreckt. Ragusa beugt sich zu ihr und schimpft, sie sagt artig »pardon« und knickst, aber ihr Blick hält den Blandines so lange, bis diese zu Boden schaut. Sie weiß nicht recht, was sie sagen soll, das fremdländische Aussehen des Kindes, seine merkwürdigen Augen faszinieren sie. Ragusa gibt der Kleinen einen Kuss, und sie läuft, ohne sich noch einmal umzudrehen, zu der kleinen Kirche und verschwindet hinter einer dunkelrot gestrichenen Holztür.

»Kommen Sie«, wendet sich Ragusa an Blandine, und schweigend gehen sie von dem Platz weg. Sie spürt, dass er sie von der Seite anschaut, aber sie senkt den Kopf und geht schnell neben ihm her. Sie will einfach nur raus aus diesem Gassengewirr, zurück zum Hotel, sie hat keine Ahnung, wo sie eigentlich sind, und ist überrascht, als sie plötzlich das Hotel vor sich sehen. Ragusa bleibt stehen und legt ihr die Hand auf den Arm.

»Ich zeige Ihnen gern die Stadt, Fräulein Blandine. Aber gehen Sie nicht allein herum. Die Menschen sind nicht böse, aber sie sind arm und kennen keine Fremden. Bettler und fliegende Händler sind aufdringlich, und keiner kann Ihnen den Weg zurück zum Hotel zeigen.«

Sie ist unter seinem Blick, der durchdringend, fürsorglich

und ironisch zugleich ist, rot geworden. Der Blick passt nicht zu diesem freundlichen Jungengesicht, zu den sauber gescheitelten, blonden Haaren, und ihr fallen die Geschichten ein, die Tina und ihre Mutter von Enrico Ragusa erzählt haben, Geschichten von allein reisenden Damen, die länger im Des Palmes bleiben und häufig wiederkommen.

»Ich ... nein, das war Zufall, ich wollte der Prozession entkommen, und dann habe ich mich verlaufen«, sagt sie unsicher.

»Ich mag die Prozessionen hier nicht. Habe sie noch nie gemocht. Ich komme aus Genua und habe zu lange in Deutschland gelebt. Zu viele Menschen und keine Schmetterlinge oder Käfer. Die findet man nur außerhalb der Stadt.« Er zögert kurz, sieht sie an und scheint einen Entschluss zu fassen.

»Fräulein Blandine, Elvira – das Mädchen, das Sie eben gesehen haben –, sie liegt mir sehr am Herzen.«

Sie sieht ihn fragend an. Worauf will er hinaus?

»Sie ist ein kleines Waisenmädchen und lebt in dem Konvent, dessen Kirche Sie gesehen haben. Ich unterstütze sie und besuche sie ab und zu. Aber ich rede nicht gern darüber.« Wieder hat sein Blick etwas Ironisches. Sie nickt und will eigentlich eine Frage stellen, will mehr über das kleine Mädchen wissen, aber er kommt ihr zuvor: »Mögen Sie Schmetterlinge?« Eine Antwort wartet er nicht ab. »Vielleicht begleiten Sie mich einmal in den Parco La Favorita, ich zeige Ihnen welche, die Sie noch nie gesehen haben.«

Da sieht sie die Gouvernante aus dem Hotel stürzen, sie ist in heller Aufregung und macht Blandine Vorhaltungen.

»Aber meine Dame! Der Ausflug ist einzig und allein meine Schuld, ich wollte Fräulein Blandine eine Kirche mit Serpotta-Statuen zeigen – und dann haben wir Sie in dem Gedränge verloren. Die Sybillen in der Kirche Santa Maria al Giusino sind einzigartig, ich kann Ihnen einen Besuch dort nur empfehlen. Wenn Sie mich jetzt entschuldigen.« Er verbeugt sich vor Blandine und der Gouvernante, deutet einen Handkuss an und ist verschwunden.

4
Santa Lucia

13. Dezember 1881

Enrico Ragusa hält Wort. Am Morgen nach ihrer Begegnung in den Gassen der Altstadt taucht er im Salon auf, als sie beim Frühstück sitzen. Blandine hat in der Nacht wenig geschlafen, die Mutter war am Abend zuvor ungehalten und hat ihr Vorwürfe wegen ihres Alleingangs gemacht, Papa hat missmutig gesagt, der alte Teil der Stadt gefalle ihm überhaupt nicht, er sei düster und feucht, die Menschen ignorant und schmutzig, voller Bettler, die in ihrer Armut und Verzweiflung gefährlich werden können, und als Mädchen allein sei es gar nicht schicklich, sich solchen Gefahren auszusetzen. Dann hat Blandine auch noch einen Brief von Daniela vorgefunden, die nun doch länger bei Großpapa in Rom bleibt, mindestens bis Weihnachten. Unruhig hat sie sich im Bett hin- und hergedreht, ist aufgestanden, hat das Fenster geschlossen, weil ein Unwetter aufkam, und später versucht, es wieder zu öffnen, als die Luft in dem kleinen Raum zu stickig wurde. Die Palmen bogen sich im Wind, dicke Regentropfen waren auf ihr erhitztes Gesicht gefallen, die Fensterläden klapperten, und schließlich hatte sie doch alles fest verschlossen. Immer wieder sah sie das Gesicht des kleinen Mädchens, Elvira. »Sie liegt mir sehr am Herzen«, dieser Satz ging ihr nicht aus dem Sinn. Ragusa hatte ihn mit großem Nachdruck ausgesprochen und ihr dabei direkt in die Augen geschaut. Wie immer hatte sie den Eindruck, dass in seinem freundlichen Blick ein leichter Anflug von Spott lag.

Am nächsten Morgen ist sie müde aufgestanden. Das Frühstück nehmen sie im Salon ein, auf der Terrasse kann nicht eingedeckt werden, weil alles tropfnass ist und immer noch ein unangenehm kühler Wind geht, der schnell große Wolken über den Himmel treibt. Schweigend trinken sie den starken Kaffee, auch Papa hat nicht gut geschlafen, wie Mama mit sorgenvoller Stimme verkündet, während sie ihm Kaffee nachschenkt. Auch die *cuccìa,* eine dickflüssige süße Suppe aus Ricotta und Weizen, Zimt und Schokolade, die ihnen der Kellner mit ausschweifenden Erklärungen serviert – heute ist das Fest der heiligen Lucia, an diesem Tag isst man auf Sizilien kein Brot, sondern ebenjene Süßspeise –, vertreibt die schlechte Stimmung nicht. Fidi ist der Einzige, der davon probiert, erst vorsichtig, dann immer begeisterter.

Mama ermahnt ihn gerade, es nicht zu übertreiben, als Ragusa eilig den Raum betritt. Er strahlt eine Geschäftigkeit aus, die dem Gast vermittelt, dass die Zeit, die er sich für ihn nimmt, kostbar ist. Er deutet eine Verbeugung an, erkundigt sich nach der vergangenen Nacht und ob der Maestro genügend Ruhe für seine Arbeit finde. Mama beschwert sich über ein deutsches Paar, das sie bei jeder Gelegenheit anspricht, lästig und aufdringlich. Ragusa verspricht, sich um die beiden zu kümmern, er lächelt Mama an und würdigt Blandine keines Blickes. Papa räuspert sich und bemerkt, Herr Türk habe die erste Nummer der von Ragusa herausgegebenen Zeitschrift mit großem Vergnügen gelesen und viel Interessantes darin gefunden. Er wolle mit Fidi über *Il Naturalista* sprechen. Ragusa verbeugt sich erneut, er wird ein wenig rot, man sieht ihm an, dass er sich über das Lob freut. Kurz spricht er über die Zeitschrift, *Il Naturalista Siciliano,* die er gegründet hat und gemeinsam mit Freunden herausgibt, von seiner Leidenschaft für die Natur, für Käfer und Schmetterlinge, von den Schmetterlingsarten in seiner Sammlung, von der Schönheit der sizilianischen Natur und davon, dass seine Frau diese Leidenschaft mit ihm teilt und ihm bei der Arbeit an der ersten Nummer der Zeitschrift geholfen hat. Hier mischt sich Mama ein und erkundigt sich nach dem Befinden der Marchesa, die ihr drittes Kind erwartet und bald niederkommen wird. Wieder lächelt Ragusa sein freundlich-spöttisches Lächeln, erzählt von seinen Töchtern und der Hoffnung, das Kind, das seine Frau erwarte, sei ein Junge.

Dann fragt er mit großer Selbstverständlichkeit, ob dem Fräulein Blandine in den nächsten Tagen, sobald das Wetter besser sei, eine Fahrt nach dem Favorita-Park recht sei. Mama sieht sie überrascht an, Papa erkundigt sich nach dem Park, den sie noch nicht gesehen haben, dessen Schloss aber als eine Besonderheit im Baedeker erwähnt wird mit seinem chinesisch anmutenden Dach. Der Hotelbesitzer beschreibt den Park und lobt seine Lage an den Hängen des Monte Pellegrino, seine Größe und Vielfalt, die wunderbare Natur, während die Mutter nach einer Ausrede sucht.

Blandine spürt, dass sie rot wird, ihre Wangen sind heiß, sie weiß nicht, wo sie hinschauen soll. Der Park liegt weit vor den

Toren der Stadt, sie wären Stunden unterwegs. Wieder einmal sehnt sie Danielas Ankunft herbei, mit der Schwester würde sie sich auf einen solchen Ausflug freuen, jetzt ist sie beinahe erleichtert, als die Mutter erst betont, dass Blandine unabkömmlich sei und sich um die jüngeren Geschwister kümmern müsse und außerdem eine solche Fahrt im Moment nicht infrage komme, sie leide häufig unter Kopfschmerz. Fidi unterbricht sie irgendwann – er will unbedingt in den Park und befürchtet, dass Herr Türk ihn nicht begleitet, dem schon die Tour auf den Monte Pellegrino zu anstrengend war. Da sieht Papa von seinem Teller auf und entscheidet, dass es eine gute Idee sei, wenn sie zu dritt führen, Fidi könne im Park zeichnen und interessiere sich für die Schmetterlinge und Käfer, er habe mit großer Begeisterung von der Sammlung erzählt, die der Cavaliere ihm vor ein paar Tagen gezeigt habe.

Und so wird es entschieden, Mama runzelt zwar die Stirn, sagt aber nichts mehr. Später, als sie allein sind, macht sie eine schnippische Bemerkung, und Blandine wird wieder rot und sagt ihr, sie habe Ragusa nicht um diesen Ausflug gebeten und wisse überhaupt nicht, was sie dort solle, in diesem Park, *sie* interessiere sich weder für Schmetterlinge noch für Käfer.

»Aber wie kommt er dazu, dich zu einem solchen Ausflug einzuladen?«, insistiert die Mutter.

»Er macht das oft – hat er nicht dem französischen Ehepaar, das vorgestern abgereist ist, die Villen von Bagheria gezeigt?«, sagt Blandine. Und dann: »Ich frage Tina und ihre Mutter, ob sie mitkommen, dann langweile ich mich zumindest nicht.«

Aber Tina Scalia lacht, als Blandine ihr beim nächsten Besuch in der Pasticceria ihre Idee unterbreitet, und auch

Madame Scalia winkt ab. Eine viel zu lange Fahrt, wozu das Ganze, man könne in der Stadt bleiben, ein Museum besuchen, an der Marina entlangflanieren, wenn die Sonne wieder scheine. Auch der Botanische Garten und der Giardino Inglese lägen näher. Tina warnt sie vor Ragusa, der bekannt ist für seine Aufmerksamkeiten gegenüber jungen Damen, die in einem seiner Hotels wohnten.

»Aber er ist doch verheiratet, seine Frau erwartet das dritte Kind.«

»Na und? Du bist naiv, meine Liebe!«, ruft Tina, und Madame Scalia bemerkt, dass sie überzeugt davon ist, der Cavaliere liebe seine schöne Frau von ganzem Herzen, Blandine solle nicht auf ihre Tochter hören, es sei ein freundliches Angebot, ihr und ihrem Bruder den Park zu zeigen.

»Ach Mama, du bist so gutherzig!«, ruft Tina mit gespielter Empörung. »Die ganze Stadt spricht über seine Affären!«

»Die ganze Stadt ist neidisch und missgünstig, Ragusa ist ein hübscher junger Mann, erfolgreich und wohlhabend, er hat eine Adlige aus besten Kreisen geheiratet, deren Schönheit gerühmt wird.«

»Er macht allen schöne Augen, das musst du doch zugeben.«

»Was hat das eine mit dem anderen zu tun? Ragusa ist einer der Männer, die Frauen verehren. Das macht ihre Gesellschaft so angenehm. Nur verlieben darf man sich nicht in sie.«

Jetzt sitzen sie in dem Einspänner, Fidi vorn beim Kutscher auf dem Kutschbock, und Blandine denkt an diesen Satz, als sie Enrico Ragusas Profil betrachtet. Ihr Bruder gibt keine Ruhe, er fragt nach Ragusas Exkursionen in das Madonie-

und Nebrodi-Gebirge, nach den verschiedenen Schmetterlingsarten, die in der Zeitschrift lateinische Namen tragen, deren deutsche Namen Ragusa aber kennt und aufzählen kann. Frühlingsschneckenfalter, Hornissenschwärmer, unzählige Arten von Apollofaltern, Heller Schmuckspanner und Grüner Trockenkräuterspanner, Variationen, die noch nicht klassifiziert sind. Fidi will alles genau wissen, und Ragusa verspricht ihm, ihn einmal auf eine Exkursion mitzunehmen. Sein Gesicht ist beinahe kindlich rund – ganz anders als das der Menschen hier, denkt sie, die oft schmal sind mit charakteristischer Nase und vollen Lippen. Ragusas Nase ist kurz und gerade, die schmalen Lippen von einem blonden gestutzten Vollbart bedeckt, er trägt das blonde, kurze Haar in der Mitte gescheitelt. Ein paar Mal zwinkert er ihr zu, während er Fidi die Arten und deren Fundorte aufzählt. Selbst der Kupferfarbene Buntgrabenläufer, ein Käferexemplar, geht ihm flüssig auf Deutsch über die Lippen: Er hat seine Leidenschaft für Insekten in Deutschland entdeckt, in Frankfurt, an der Hotelfachschule, und er korrespondiert seitdem mit deutschen Entomologen.

Sie sind gegen zehn Uhr aufgebrochen und haben inzwischen auch den neuen Teil der Stadt hinter sich gelassen, von der Porta Maqueda durch die Via Ruggero Settimo und dann die Via della Libertà entlang mit ihren neuen, prächtigen Palazzi, die Straße, die Papa so gefällt. Nun liegt die Stadt wirklich hinter ihnen, und rechts von der Straße taucht jetzt eine Herde von Schafen auf, begleitet von einem Hirten in zerlumpten Kleidern, und Fidi ist abgelenkt, er zückt seinen Block und beginnt zu zeichnen. Der Schäfer treibt seine

Herde mit barschen Rufen an, er ist barfuß, sein Gesicht ist sonnenverbrannt und das schwarze Haar verfilzt. Vor ihnen erhebt sich schroff der Monte Pellegrino, seine Hänge sind spärlich mit Büschen und kleinen Bäumen bewachsen, hell leuchtet zwischen den geduckten Pinien der Kalkstein. Man sieht das Zickzack des Pilgerpfads, der den Berg hinauf zur Grotte der Stadtheiligen, der Santa Rosalia führt. Fidi erzählt noch einmal von seinem Ausflug mit Herrn Türk auf den Berg, von den Maultieren, auf denen sie geritten sind, dem weißen Staub und der Hitze auf dem schattenlosen Pfad, den Eidechsen, die sie gesehen haben.

»Ihr Bruder ist an der Natur interessiert, dabei ist er doch in der Familie von Musik und Kunst umgeben!«

»Fidi zeichnet gern und liebt neben der Natur vor allem die Architektur. Und sprachbegabt ist er, er beherrscht inzwischen sogar das Sizilianische!« Blandine ist stolz auf diesen Bruder, auf dem die Hoffnungen der Eltern ruhen und dem alles zufliegt.

»Und wo liegen Ihre Neigungen, Fräulein Blandine?« Sie weicht seinem Blick aus. Ihre Neigungen. Sie stickt viel, vor allem abends, wenn Papa ihnen vorliest, sie kann manierlich Klavier spielen und hört gern zu, wenn Papa oder Rubinstein spielen, am liebsten stundenlang. Palermo mit seinen Farben und Gerüchen, seinem Geschmack, den tausend Klängen und Geräuschen, das gefällt ihr, auch das Sizilianische fasziniert sie, selbst wenn sie es nicht versteht.

»Ich bin gern hier«, sagt sie unvermittelt. »Sizilien hat die Fröhlichkeit einer Welt ohne Winter.«

»Fröhlichkeit …« Sie sieht, dass er über ihre Worte nachdenkt. Nach einer kleinen Pause, in der er dem Hirten mit seinen Schafen nachschaut, sagt er: »Vielleicht ist es nicht unbedingt Fröhlichkeit, es ist ein Überschwang, der manchmal in die Übertreibung fällt und grotesk wird und dann auch erschrecken kann. Aber das merkt man erst später.«

Die Sonne steht bereits hoch am Himmel, als sie das steinerne Tor zum Favorita-Park passieren. Blandine schwitzt in ihrem dunklen Kleid, das staubig ist von der Fahrt, und manchmal schließt sie für einen Moment die Augen, weil das sizilianische Mittagslicht auch im Dezember grell ist, es lässt alle Konturen scharf erscheinen und die Farben – das Weiß des Monte Pellegrino, das Grün der Bäume – zu stark. Der Park ist größer als alle, die sie bislang in Palermo gesehen hat, sie fahren durch prächtige Alleen, deren Bäume ein grünes Blätterdach über der Straße bilden. Sie bestaunen die Palazzina Cinese mit dem pagodenartigen Dach, ein Lustschloss, auf dem das orientalische Dach fremd anmutet, die einzelnen Elemente passen nicht zusammen, aber Enrico Ragusa und Fidi sind schon wieder in ein Gespräch über Käfer vertieft, sie finden ein großes braunes Exemplar mit Kneifzangen, über das sie lange diskutieren. Blandine hört nicht mehr zu, sie bewundert das merkwürdige Schloss, das in allen Farben leuchtet. Es ist nicht schön, nicht harmonisch, vielleicht zeigt es jenen Überschwang, von dem Ragusa gesprochen hat.

Dann reißt sich Enrico Ragusa von dem Käfer los und kommt zu ihr.

»Ich will Sie nicht langweilen, kommen Sie – Sie müssen sich die Bäume anschauen – Araukarien, Magnolien, Kapukbäume und den großen Feigenbaum.«

Der Park kommt ihr wie eine Wunderkammer vor, die Blüten jetzt im Dezember überwältigen sie – rot leuchtende Poinsettien an beinahe baumartigen Sträuchern – daneben das Gelb des Winterjasmin, sie kann sich nicht sattsehen an den Farben. Fidi langweilt sich, er läuft zurück zur Palazzina Cinese und beginnt zu zeichnen.

Ragusa führt sie an ein Labyrinth aus dichten, hohen Hecken, angelegt noch während der Zeit der bourbonischen Herrschaft, wie er ihr erklärt. Der Park war das Jagdrevier der Könige, hier residierten sie und vergnügten sich, wenn sie in Palermo waren. Er tritt in das Labyrinth, Blandine folgt ihm, sie biegt nach rechts ab, dann nach links, er wählt einen anderen Weg, sie hört seine Stimme, aber schnell haben sie sich in den grünen Gängen verloren. Sie ruft nach ihm, und dann steht er plötzlich vor ihr, taucht wie aus dem Nichts auf und tritt nah an sie heran. Vorsichtig streicht er ihr eine Haarsträhne aus dem Gesicht, die sich in der Hitze gelöst hat. Sie merkt, wie ihr Atem schneller geht, wie die Wärme in ihr hochsteigt, und weicht einen Schritt zurück.

»Das kleine Mädchen ... Elvira«, sagt sie hastig. Er nimmt wie selbstverständlich ihre Hand. »Kommen Sie, bevor wir uns hier verlieren, das ist Ihrer Frau Mama vielleicht nicht recht.« Noch einmal streicht er ihr über das Gesicht. »Sie sind die schönste Ihrer Schwestern, Sie haben ein sanftes Gesicht«, sagt er gedankenverloren, es ist eine Feststellung, etwas, das gesagt werden muss.

»Elvira«, sagt er dann und bleibt stehen. »Elvira liegt mir sehr am Herzen.« Es sind exakt seine Worte vom anderen Vormittag.

»Sie ist ... etwas Besonderes, solche Augen habe ich noch nie gesehen«, sagt Blandine zögernd. Sie weicht seinem Blick aus.

»Ja, das ist sie.« Ragusa sieht sie prüfend an. »Sie können ein Geheimnis bewahren« – sagt er dann – »und ich glaube, Sie richten nicht. In Palermo wird viel geredet, jeder hat schnell ein Urteil zur Hand. Es sind eben Insulaner, die Welt hier hat enge Grenzen, das ist in Genua anders, woher meine Mutter stammt. Und in Deutschland sowieso, aber das wissen Sie ja. Hier wird geredet, gerade wenn man Erfolg hat, wenn man Geld verdient, wenn man eine Frau aus einer der besten Familien heiratet, als Fremder, als einer, der nicht adelig ist und nicht dazugehört zu den zweihundert, die sich als ›die Gesellschaft‹ begreifen. Erfolg wird nicht anerkannt, die zweihundert brauchen keinen *Erfolg,* das ist gewöhnlich, selbst wenn man Geld benötigt, selbst wenn man sich das Leben nicht leisten kann, das man führt, weil es immer so war und keiner sich an etwas anderes erinnert. Man geht keinem Beruf nach, keiner Berufung und keiner Leidenschaft, das Leben verläuft in immer gleichen Bahnen, es ist kostspielig und wird immer kostspieliger, aber wo das Geld herkommt, spielt keine Rolle, es wäre zu gewöhnlich, danach zu fragen.« Die letzten Sätze sind aus ihm herausgebrochen, jetzt ist Ragusas Gesicht gerötet, aber er fängt sich wieder. Dann schaut er sie prüfend an und führt sie weiter durch das Labyrinth, sie sind in einer eigenen Welt, umgeben vom Grün der Hecke, über ihnen das Dunkelblau des Himmels. Dann atmet Ragusa tief ein.

»Elviras Mutter ist eine russische Gräfin, sie war aufgrund eines Lungenleidens lange in Palermo. Von ihr hat das Mädchen die Augen, die hohen Wangenknochen. Dann musste die Gräfin zurück nach Moskau, sie konnte die Kleine nicht mitnehmen. Das ist Jahre her, lange bevor ich meine Frau kennengelernt habe.« Seine Stimme ist ruhig, er spricht leise und konzentriert. Wieder weicht sie seinem Blick aus.

Er bleibt stehen und streicht ihr über die Wange, winzige Schweißtropfen glänzen auf seiner Stirn. Sie spürt die Verwirrung in sich aufsteigen, Verwirrung über seine Berührung und die Hitze, die davon ausgeht, eine Hitze, die sich in ein Frösteln verwandelt, und sie hat das Gefühl, dass sie zu zittern beginnt. Als sie nach seiner Hand greifen will, dreht er sich um und zeigt auf eine Öffnung in der Hecke.

»Ihr Bruder sucht uns sicher schon, wir sollten nach ihm sehen. Ich will ihm den Hain mit den Zitrusfrüchten zeigen, es gibt ganz verschiedene Zitronensorten, die Sie in Deutschland noch nie gesehen haben. Ich weiß, dass ich mich auf Sie verlassen kann, Fräulein Blandine, meine Gedanken sind bei Ihnen sicher aufgehoben. Sie müssen gut auf sich achtgeben und einen Weg für sich finden«, fährt er unvermittelt fort. »*Ihren* Weg. Die Gesellschaft in Palermo wird Sie lieben, und Ihnen werden die rauschenden Feste auch gefallen. Sie gehen doch zum Neujahrsball, nicht wahr?«

»Ja«, sagt sie und ist erleichtert und enttäuscht zugleich. »Ja, wir gehen zum Ball von Fürst und Fürstin Butera, ich freue mich darauf.« Aber Ragusa hört ihr schon nicht mehr zu und geht voraus, er ruft nach Fidi, der winkend auf sie zugelaufen kommt.

Abends lobt Papa Fidis Zeichnung des Lustschlosses. Mama scheint erleichtert, Papa hatte einen unruhigen Nachmittag, war unwohl nach einem Diät-Fehler, dann ist die Fürstin Gangi zum Tee erschienen, und sie konnten nicht wie geplant an die Marina fahren. Blandine hat keinen Hunger, sie entschuldigt sich früh, als Papa beginnt, Shakespeare vorzulesen. Die Mutter schaut sie fragend an, sie sagt, es sei heiß gewesen und die Fahrt von je anderthalb Stunden in dem Einspänner anstrengend. Als sie über den Flur in ihr Zimmer geht, sieht sie Ragusa ins Gespräch vertieft mit dem Gast aus Deutschland, der Papa so häufig stört. Sie setzt sich aufs Bett und liest den letzten Brief von Daniela aus Rom.

In den nächsten Tagen ist sie von einer Unruhe befallen, die sie nicht deuten kann. Danielas Ankunft ist weiterhin ungewiss, das Verhalten des Großvaters verärgert Papa, und Mama kann ihn nur mit Mühe beruhigen. Wenn sie kann und die Gouvernante mit Eva und Loldi beschäftigt ist, verlässt Blandine heimlich das Hotel, es treibt sie durch die engen Gassen in die Altstadt, vorbei an den kleinen Läden und Werkstätten, durch den Gestank von zu vielen Menschen auf zu engem Raum, es zieht sie unaufhaltsam zu jenem Kloster, jener Kirche, und sie weiß nicht, wieso. Wieder und wieder verliert sie sich in dem Labyrinth, verliert sie die Orientierung, aber jedes Mal auf genau dieselbe Weise, wie sie bald bemerkt. Also lässt sie sich einfach treiben, folgt dem Instinkt, der sie immer denselben Weg führt. Man starrt sie an, so wie beim ersten Mal, die Kinder rufen ihr hinterher, manche Frauen schimpfen, sie versteht nicht, was sie sagen, sie geht schnell und zieht sich das Cape enger um die Schultern, manchmal schlägt sie sich ein Tuch über den Kopf, um die hellen Haare zu verbergen, aber sie fällt trotzdem auf. Einmal sieht sie das seltsame Mädchen, Elvira, sie geht gemeinsam mit einer Nonne die Gasse entlang und starrt sie an, erkennt sie aber nicht, glaubt Blandine. Ein paar Tage später sieht sie sie aus der Kirche treten, sie trägt immer dieselbe graue Schuluniform, und die blonden Zöpfe und die eisfarbenen Augen wollen zu dieser schlichten Tracht nicht passen. Diesmal bleibt das Kind stehen und schneidet eine Grimasse, und Blandine geht schnell weg.

An manchen Nachmittagen merkt sie, wie Madame Scalia sie prüfend ansieht. Tina hat sie aufgezogen mit ihrem Ausflug nach der Favorita, hat sich nach Käfern und Schmetterlingen erkundigt und sie ermahnt, besser auf ihren Teint zu achten: Von der langen Kutschfahrt sind ihre Nase und die Wangen gerötet, die Sonne stand tief, und auch der Hut hat sie nicht geschützt. Madame Scalia hat die Scherze ihrer Tochter irgendwann unterbrochen und das Thema gewechselt, danach sind sie nicht mehr darauf zurückgekommen. Aber fast jeden Nachmittag hält jetzt die Kutsche der Scalia vor dem Hotel des Palmes, Madame Scalia bittet sie zu ihren nachmittäglichen Ausflügen: an die Marina, ins Café Caflisch oder in den Botanischen Garten. Mutter und Tochter reden über Tinas Karriere als Sängerin, sie überlegen, bei wem Tina demnächst Gesangsunterricht nehmen wird, wo sie singen soll, Madame Scalia fragt Blandine nach ihrer Meinung zu Gesangsliteratur, sie zeigt ihr Noten, manchmal singt Tina ihr etwas vor. Sie hat einen klaren Sopran, Blandine hört ihr gern zu und lobt sie. Sie ist froh, abgelenkt zu sein durch Madame Scalia und ihre Tochter, obwohl sie nicht weiß, wovon.

Unaufhörlich sind die beiden Frauen im Gespräch und beziehen sie ein. Neben Tina und ihrer Zukunft ist England Madame Scalias großes Thema, die Jahre, die sie dort verbracht hat, ihre englischen Freundinnen und die unmöglichen Sitten in Italien, vor allem in Palermo. Madame Scalia ärgert sich beständig darüber, dass Damen niederen Ranges zu Besuch ins Haus kommen können, ohne vorgestellt worden zu sein. Tinas Vater sieht sie fast nie, sie weiß, dass er einen hohen militärischen Rang hatte und nun in Pension ist, dass er aus Palermo stammt, aber die beiden Frauen erwähnen ihn kaum. Einmal gibt ihr Tina ein prächtig gebundenes Buch über Palermo, sie erklärt, dass ihr Vater sich aufs Buchbinden versteht, es ist seine liebste Beschäftigung, aber mehr findet sie nicht heraus.

Ragusa sieht Blandine überhaupt nicht mehr, seiner Frau geht es nicht gut, und der Hotelbesitzer verbringt viel Zeit an ihrem Bett.

Vier Tage vor Weihnachten taucht Ragusa plötzlich vormittags im Garten auf, als sie an der Vogelvoliere steht. Er ist freundlich, aber distanziert, ganz anders als im Favorita-Park.

»Fräulein Blandine, gut, dass ich Sie hier treffe, ich habe eine Bitte: Gehen Sie nicht mehr zum Kloster, Sie erschrecken Elvira. Außerdem ist es zu gefährlich – Sie sollten die Gegend der Stadt meiden, vor allem, wenn Sie allein sind. Sie denken doch daran, was Sie mir versprochen haben? Ich verlasse mich auf Sie.«

Ohne eine Antwort abzuwarten, geht er davon.

5
Silvester

31. Dezember 1881

Weihnachten rückt näher, und noch immer ist unklar, ob Daniela bei ihnen sein wird oder bei Großpapa in Rom bleibt. Halbherzig bereitet Blandine mit der Mutter das Fest vor: Eine Tanne ist nicht zu bekommen und auf Sizilien auch nicht üblich, dafür sehen sie überall Krippen mit vielen Figuren, Hirten, Engeln, ganzen Schafherden, Ziegen, Hunden und Eseln.

Papa schläft schlecht, seit ein paar Tagen komponiert er kaum. Mama macht sich die größten Sorgen um ihn, sie ist nervös und schimpft wegen jeder Kleinigkeit mit Eva und Isolde. Nur Siegfried bringt sie noch zum Lachen, wenn er ihr von seinen Gesprächen mit den Kellnern oder Kindern draußen auf der Straße erzählt. Blandine wünscht sich Daniela herbei und fühlt sich immer unwohler im Des Palmes. Seit der Begegnung im Hotelgarten hat sie Enrico Ragusa nicht mehr gesehen. Sie fragt sich, ob er ihr aus dem Weg geht: Bei dem Gedanken an das kurze Gespräch wird sie immer noch rot. Vielleicht will er sie nicht mehr sehen, und darüber ist sie erleichtert und traurig zugleich. Erzählen kann sie niemandem davon, die Mutter würde böse werden, Tina würde sie auslachen – vielleicht würde Madame Scalia sie verstehen, aber mit der ist sie nie allein.

Aber eigentlich weicht Ragusa ihnen allen aus, auch den Eltern: Papa beschwert sich immer vehementer über die Betten – er glaubt, dass die Matratzen schuld an seiner Schlaflosigkeit sind –, und er ärgert sich über einen der Kellner, den er als impertinent bezeichnet und den Ragusa vor ein paar Tagen verteidigt hat.

An einem Abend kurz vor Weihnachten kommt Ragusa zu ihnen und bittet sie, die Stube abzugeben, eine deutsche Fürstin, die erkrankt ist, benötigt ein zusätzliches Zimmer. Papa ist außer sich, er will auf der Stelle abreisen, nur mit Mühe kann Mama ihn beruhigen. Ragusa klingt ungehalten, er will niemanden aus seinem Hotel entfernen, wie Papa es ausdrückt, es ist ein Notfall, und er hat kein anderes Zimmer für die Krankenschwester. Blandine sieht Ragusa an, dass es ihm kaum gelingt, höflich zu bleiben. Er ist aufgebracht, fährt sich durch die Haare, seine Augen sind Schlitze, die Stirn ist gerunzelt, wieder und wieder erklärt er die Lage der erkrankten Fürstin. Als Papa aufsteht und den Raum verlässt, folgt ihm die Mutter, und Ragusa steht beinahe hilflos vor ihrem Tisch. Blandine murmelt eine Entschuldigung, aber er würdigt sie immer noch keines Blickes und geht grußlos davon.

Blandine weiß, dass Papa auch wegen Mamas Geburtstag gereizt ist. Er möchte sie überraschen und hat Paul Joukowsky, dem Künstlerfreund, der nach Palermo nachkommen wollte, Anweisungen für ein Geschenk – ein besonderes Schmuckstück – gegeben, aber seit ein paar Tagen sind keine Nachrichten mehr von ihm eingetroffen.

»Wo soll ich hier etwas finden, wenn Joukowsky nicht auftaucht? Etwas Besonderes?«

Es ist der Tag nach dem unangenehmen Vorfall mit Ragusa, und Papa hat Blandine zu sich gerufen, während die Mutter mit Eva Besorgungen macht. Wütend geht er im Zimmer hin und her.

»Wir telegraphieren Daniela, in Rom kann sie bestimmt etwas Schönes besorgen«, sagt Blandine, aber Papa schnaubt ungehalten.

»Ich habe Joukowsky genau beschrieben, wie die Brosche aussehen soll, sie soll einzigartig sein, nicht mit irgendeiner anderen Brosche vergleichbar. Wie soll Daniela so etwas finden? Und wer weiß, ob sie zu Weihnachten wirklich kommt – dein Großvater und seine Gefährtin sind kapriziös, mal muss sie bleiben, mal ist sie bloß eine Last und soll schnell abreisen!«

»Aber ...« Blandine will wissen, wie Papa das meint, die Mutter spricht nur in Andeutungen darüber, und auch Danielas Briefen ist nicht viel zu entnehmen.

»Kind, zerbrich dir nicht den Kopf über deine Schwester und Großpapa – ich tue das auch nicht, ich habe andere Sorgen.« Seine Stimme klingt endgültig, und Blandine wechselt lieber das Thema. »Joukowsky ist zuverlässig, Papa, mach dir keine Sorgen«, sagt sie, ihr fällt nichts anderes ein, und er reibt sich gedankenverloren die Stirn, ist schon wieder ganz woanders und geht zu seiner Partitur, die auf dem schweren, runden Tisch liegt. Sie weiß nicht recht, was sie tun soll, und räuspert sich. »Oder ich frage Madame Scalia, ob sie uns hilft. Sie kennt sicher einen guten Juwelier hier in Palermo.«

»Madame Scalia ...« Papa schaut von der Partitur auf.

»Die Mutter von Tina ... Caterina ... sie besucht mich manchmal. Eine junge Sängerin«, fügt sie zögernd hinzu.

»Eine Sängerin? Hier?« Papa lacht. »Das kann ich mir kaum vorstellen. Wo soll sie Unterricht nehmen? Hat man je von ihr gehört?«

»Sie will dir vorsingen, Mama hat es ihrer Mutter versprochen«, sagt Blandine schnell und beißt sich auf die Zunge, als sie sieht, dass Papa schon wieder die Stirn runzelt.

»Wieso muss ich überall, wo ich hinkomme, diese Darbietungen ertragen, obwohl ich einfach nur Ruhe suche! Ruhe! Abgeschiedenheit! Und dann laden sie zum Tee, zum Dîner, zum Ball, wollen, dass ich mir ihre mittelmäßigen Töchter mit den dünnen Stimmen anhöre! Sie haben keine Ahnung von Musik, alles Banausen, aber sie suchen den Maestro, den Maestro! Wieso lässt man mich nicht einfach, lässt mich sein und komponieren?« Wütend geht er zum Fenster und reißt es auf. Dann dreht er sich zu ihr um:

»Kind, ich muss arbeiten. Und vielleicht gelingt es dir ja, deine Freundin davon abzuhalten, mir vorzusingen. Ich wäre froh.« Er setzt sich an den Schreibtisch und beachtet Blandine nicht länger. Leise geht sie aus dem Zimmer.

Als Graf Tasca sie am nächsten Vormittag besucht, erzählt die Mutter von ihren Schwierigkeiten im Hotel und mit Ragusa. Sie müssen eine andere Unterkunft finden oder Palermo verlassen, sie erklärt dem Grafen, dass es für Papa unmöglich sei, nach der Szene mit Ragusa im Hotel zu bleiben. Und da lädt der Graf sie ein, sich am Nachmittag ein kleines Landhaus in der Nähe seiner Villa anzuschauen – das Haus eines Freundes, des Fürsten Gangi, in dem sie wohnen könnten.

»Liebes, du kommst mit, ja?«, sagt die Mutter zu Blandine, nachdem sich der Graf verabschiedet hat. Sie wartet keine Antwort ab und geht eilig aus dem Raum. Auf der Türschwelle dreht sie sich noch einmal um: »Nach Weihnachten kümmern wir uns um deine Ballgarderobe, versprochen.«

Sie wäre am Nachmittag lieber mit Madame Scalia und Tina ins Café Caflisch gefahren, obwohl ihr das Gespräch mit Papa noch nachgeht. Aber solange es kein Datum für das Vorsingen gibt, kann auch nichts passieren – kann Tina nichts passieren und ihr auch nicht. Sie hätten kleine, sehr süße, kunstvoll arrangierte Tortenstückchen gegessen, die unaussprechliche Namen tragen und ungewöhnlich bunt sind, dazu starken Kaffee aus winzigen Tassen getrunken und über den Silvesterball gesprochen, aber als sie nach einstündiger Fahrt in Richtung Monreale und der Berge den Garten der Villa Tasca betreten, durch den der Graf sie gleich nach ihrer Ankunft führen will, sind die Tortenstückchen vergessen und Blandine ist wie verzaubert: ein Teich mit Schwänen, eine Grotte, ein kleiner Pavillon auf einem Hügel, zu dem man über eine Brücke gelangt, verschlungene Pfade – eine Märchenlandschaft aus all den Mittelmeergewächsen, die sie inzwischen so liebt: Palmen, Agaven, Araukarien, Jasmin, Pinien, Feigenbäume und Mimosen. Das strenge, scheinbar fleischlose Gesicht des Grafen Tasca, das sie sonst an eine Totenmaske erinnert, wird lebendig und beinahe freundlich, als er ihnen den Garten zeigt und von seinem Vorhaben erzählt, in der Gartenlandschaft das Leben mit all seinen Mysterien abzubilden: Liebe und Tod, Glaube und Hoffnung, das Gute und das Böse. Er zeigt auf fünf kleinere Bäume, die nah aneinanderstehen: »Die werden einmal eine natürliche Kathedrale bilden und hoch in den Himmel ragen, ein Sinnbild des Glaubens und der Hoffnung auf Gott.« Am Ufer des kleinen Sees zeigt er ihnen ein Boot, das versteckt zwischen hohen Papyrusstauden liegt: »Damit kann man auf die kleine Insel übersetzen – es soll den Abschied von der Welt und den Übergang in jene andere Welt versinnbildlichen, die die bessere ist.«

Über das Wasser schwimmen zwei Schwäne auf sie zu, ihr Gefieder glänzt weiß in der Nachmittagssonne, auf der Wasseroberfläche spielen Licht und Schatten.

Die Mutter ist außer sich, unbedingt muss Papa den Garten sehen, und sobald Joukowsky in Palermo ist, soll er sich hier die Inspiration für seine Bühnenbilder holen. Es ist die schönste denkbare Kulisse für den *Parsifal!*

Graf Tasca, dieser strenge Mann, freut sich wie ein Kind über ihre Begeisterung. Er will sie weiter herumführen, ihnen einzelne Gewächse, Blumen und Hölzer zeigen, aber da werden sie von einem Mädchen unterbrochen, das sie ins Haus holt – der Tee ist serviert, die Gräfin wartet. Blandine guckt sich in der prächtigen Villa um, aber alles verblasst vor dem Eindruck, den ihr der Garten gemacht hat. Sie sieht, dass es ihrer Mutter ähnlich geht, die zu der Gräfin von der gelungenen Verbindung aus Imagination und der wunderbaren Natur dieses gesegneten Landes spricht. Die Gräfin verzieht keine Miene und wechselt dann abrupt das Thema:

»Meine Liebe, begleiten Sie Mademoiselle Blandine zum Silvesterball?« Es scheint, als habe sie diese Frage schon lange auf dem Herzen.

»Nein, liebe Gräfin, ich möchte meinen Mann nicht allein lassen, außerdem strengen mich solche Vergnügungen an. Blandine geht mit Madame Scalia und ihrer Tochter zum Ball, die beiden haben sich ihrer angenommen, und ich bin sehr froh darüber.« Vorsichtig stellt sie die Mokkatasse ab, es ist Meissner Porzellan, ein strahlendes, durchscheinendes Weiß mit grünen Ornamenten.

Das Gesicht der Gräfin, das Blandine zunehmend an das eines Papageis erinnert, scheint noch länger zu werden, und die Flügel der kleinen gebogenen Nase beginnen zu zittern. Hochaufgerichtet sitzt sie ihnen gegenüber auf dem zierlichen, unbequemen Sofa, die elfenbeinfarbene Bluse mit dem Rüschenkragen streng geschlossen. Blandine starrt auf die nicht enden wollende Reihe der kleinen, ebenfalls elfenbeinfarbenen Knöpfe, die vom Hals bis hinunter zum Bund des dunklen Samtrocks reichen, sie stellt sich vor, wie ein Mädchen der Gräfin beim Ankleiden hilft und lange Minuten damit zubringt, die kleinen runden, mit elfenbeinfarbener Seide überzogenen Knöpfe zuzuknöpfen. Sie will sich in ihrem Sessel zurücklehnen, merkt aber, dass das nicht geht, wenn sie weiter aufrecht sitzen will, die Sitzfläche ist zu lang, die Rückenlehne zu weit weg.

»Ich bitte Sie, Donna Cosima, das geht nicht. Glauben Sie mir. Sie wollen doch einen richtigen Eintritt in unsere Gesellschaft, darüber sprachen wir vor ein paar Tagen.« Ihr Blick ist noch strenger als sonst. »Es ist von großer Bedeutung, wer Mademoiselle Blandine zum Ball führt. Ich schätze Madame

Scalia sehr, aber sie ist eine Fremde. Eine liebe Fremde, wir haben sie alle ins Herz geschlossen. Caterina Scalia ist eine bewundernswerte junge Dame mit vielen Talenten. Bitte verstehen Sie das nicht falsch – trotzdem ist das nicht das Entrée, das Sie sich wünschen.«

Blandine räuspert sich, sie will etwas sagen, da kommt ihr die Mutter zuvor.

»Liebe Gräfin, wir folgen natürlich Ihrem Urteil und sind dankbar, wenn Sie uns unterstützen.« Sie sieht Blandine auffordernd an, die sich artig bedankt.

Die Gräfin steht auf, klatscht nach dem Mädchen, lässt neuen Tee einschenken und bittet darum, das Fenster einen Spalt zu öffnen. Dann dreht sie sich zu ihnen um.

»Gräfin Mazzarini. Sie ist die Richtige, sie wird Mademoiselle Blandine zum Ball führen. Ich rede mit ihr.«

Ihre Entschlossenheit duldet keinen Widerspruch, zufrieden setzt sich die Gräfin auf das Sofa und trinkt schweigend ihren Tee.

Als Graf Tasca später mit ihnen an einem kleinen Landhaus in der Nähe seiner Villa vorbeifährt, das Fürst Gangi gehört und in dem sie unterkommen können, sind sowohl Blandine als auch die Mutter abgelenkt: Blandine denkt an den Ball und die fremde Gräfin, mit der sie hingehen soll, und Mama spricht mit dem Grafen wieder über seinen Garten. Sie verabreden ein Treffen mit der Fürstin Gangi, bevor Graf Tasca sich verabschiedet und ihnen versichert, wie wohl sie sich hier außerhalb der Stadt und in ihrer Nachbarschaft fühlen werden. Später auf dem Weg zurück redet die Mutter Blandine gut zu.

»Du wirst sehen, Madame Scalia versteht das. Die Gräfin Tasca kennt die Gesellschaft hier, wir können uns auf sie verlassen, und wenn sie die Gräfin Mazzarini empfiehlt, wird es das Beste sein.«

»Aber wir kennen sie gar nicht ...«

»Morgen gehen wir gemeinsam mit der Gräfin Tasca zu ihr zum Tee. Ich hätte sie längst besuchen wollen, sie hat mir bereits zwei Billets geschickt, aber solange es Papa nicht gut geht, lasse ich ihn ungern allein.«

»Mama, ich weiß nicht, ob ich überhaupt zum Ball gehen möchte – hat die Gräfin nicht gesagt, dass es zu Karneval weitere Bälle gibt? Bis dahin ist vielleicht schon Daniela in Palermo, und wir können zusammen gehen.«

»Du kannst dich nicht immer hinter deiner großen Schwester verbergen. Sie ist nun mal noch in Rom, und es wird Zeit, dass du hier in die Gesellschaft eingeführt wirst.«

Madame Scalia ist nicht beleidigt, als Mama ihr am Tag vor Weihnachten erklärt, die Gräfin Mazzarini begleite Blandine zum Ball. Tina und ihre Mutter sind zu einem letzten Besuch vor dem Fest ins Hotel gekommen, sehr zu Papas Ärger, der der Meinung ist, Mama lasse sich zu sehr beanspruchen. Er zieht sich zurück, immer noch nervös, weil keine Nachricht von Joukowsky eingetroffen ist, und am nächsten Tag hat Mama Geburtstag. Blandine ist froh, dass er Tina und Madame Scalia in dem Zustand nicht begegnet, aber als Mama das Gespräch auf den Silvesterball bringt, wird sie unruhig. Die ganzen Umstände und Überlegungen sind ihr unangenehm, alle Vorfreude ist verflogen, und sie muss sich beherrschen, um nicht aufzustehen und sich unter einem Vorwand zu entschuldigen.

»Die Gräfin hat es mir freundlicherweise angeboten, Sie verstehen, dass ich nicht ablehnen konnte ...«, sagt Mama jetzt.

Madame Scalia versteht und ist nicht beleidigt, aber Tina ist enttäuscht, sie will etwas sagen, doch ihre Mutter lässt sie nicht zu Wort kommen.

»Blandine wird einen großen Auftritt haben, Tina, denk nur! Donna Cosima, die Gräfin Mazzarini ist die beste Begleitung, die man sich für eine junge Dame in Palermo wünschen kann.«

Aber dann verabschieden sich Mutter und Tochter, so schnell es geht, ohne unhöflich zu wirken. Blandine denkt lange darüber nach, woran das liegt: Haben sie Mamas Nervosität bemerkt? Oder war es doch die Nachricht, dass sie nicht mit ihnen zum Ball gehen wird? Dann fällt ihr ein, dass Mama nicht mehr von einem Konzert oder sonst einer Gelegenheit gesprochen hat, bei der Tina Papa vorsingen könnte.

Zu ihrer aller Überraschung steht Paul Joukowsky am Weihnachtsmorgen in der Tür, gerade rechtzeitig zu Mamas Geburtstag: Seine Nachricht aus Neapel ist nicht angekommen, und Papas Depeschen haben ihn nicht erreicht. Seine Züge und seine Gestalt wirken hier im Süden noch fremder als sonst – sein schmales Gesicht mit dem Vollbart erinnert Blandine immer an eine Heiligendarstellung in der russischen Ikonenmalerei, einen asketischen Eremiten. Dann fallen ihm die Mutter und danach Siegfried um den Hals, und Joukowskys Lächeln vertreibt den Eindruck. Als er Papa ein Päckchen in die Hand drückt, entspannen sich auch dessen Züge, und wie ein kleiner Junge fasst er Mama bei der Hand und zieht sie aus dem Raum. Blandine sieht die Brosche erst zwei Tage später, Mama hatte sie auf dem Nachttisch liegen, wollte sie erst einmal ganz für sich haben, wie sie sagte: Es ist eine Gralstaube aus Smaragden und Perlen mit einer Perle im Schnabel.

Das Weihnachtsfest verläuft nach der gelungenen Geburtstagsüberraschung für Mama friedlich und heiter: Papa komponiert viel und zeigt Joukowsky die Stadt, sobald er genug gearbeitet hat. Abends liest er ihnen vor, und Mama bittet Rubinstein immer wieder ans Klavier – er soll ihnen Beethoven vorspielen und Chopin.

Trotz der gelösten Stimmung vermisst Blandine Daniela, die nach vielen Briefen zwischen Rom und Palermo doch nicht gekommen ist und erst im neuen Jahr erwartet wird.

Nach dem Gespräch mit Papa hat sie sich nicht getraut, die Mutter genauer zu befragen, als die mit der Nachricht kam. Sie wird auf Daniela warten müssen, um zu erfahren, wie es ihr in Rom ergangen ist. Und sie wird allein zum Ball gehen müssen.

Drei Tage vor Silvester besorgt die Mutter Bänder und Schleifen für Blandines Garderobe. Die Gräfin Tasca hat ihre Schneiderin ins Des Palmes geschickt, die nun vor Blandine steht, das schlichte, dunkelblaue Ballkleid absteckt, das etwas enger gemacht werden muss, von Verzierungen und Volants spricht und die Ware mustert, die Mama auf Blandines Bett ausgebreitet hat. Isolde sitzt schlecht gelaunt auf einem Stuhl und beschwert sich – seit Tagen versucht sie, die Mutter zu überreden, dass auch sie mit zum Ball gehen darf, wird aber auf Karneval vertröstet.

Wann immer sie die Gräfin Tasca besuchen, spricht diese von nichts anderem – gibt ihr Hinweise und Ratschläge, wie sie sich zu verhalten hat, wem sie einen Tanz geben soll und wem nicht, mit wem sie nach dem Tanz dinieren darf und mit wem auf keinen Fall, welche *Signorine* sich um ihre Freundschaft bemühen werden, wer wichtig ist und wer nicht.

»Gräfin Mazzarini wird dir Hinweise geben – es ist wichtig, dass du ihr in allem folgst«, sagt sie zu Blandine, die folgsam nickt.

Als die Gräfin Mazzarini sie in großer Ballgarderobe – ein Kleid aus dunkelrotem Brokat mit einem für Blandines Geschmack etwas zu tiefen Ausschnitt, den ein Brillantcollier mit großem Smaragd schmückt – am Silvesterabend sehr spät abholt, ist Blandine bereits müde und würde am liebsten schlafen gehen. Aber die Gräfin hat darauf bestanden, dass sie erst gegen elf Uhr in den Palazzo Butera fahren – sie sind *das* Ereignis des Balles und können sich Zeit lassen.

Es ist längst dunkel draußen, die Straßen sind still und verlassen, und in der Kutsche ist es empfindlich kühl. So mild der Tag war, die Nächte sind feucht und kalt, und Blandine schlägt fröstelnd den Kragen ihres Mantels hoch. Sie schaut aus dem Fenster der Kutsche. Im gelblich-schwachen Licht der Laternen glänzen die Straßen dunkel, die schmiedeeisernen Balkone der Palazzi zeichnen schwarze Muster auf die hellen Fassaden. Wie eine Opernkulisse wirkt die Stadt, ein verlassenes Bühnenbild nach Ende der Vorstellung, und Blandine kann es kaum glauben, dass das dieselben Straßen sind, die tagsüber von Menschen, Eseln, Pferden und Kutschen wimmeln, von fahrenden Händlern, die ihre Ware anpreisen, von Bettlern und Horden schreiender Kinder.

Jetzt gibt ihr die Gräfin die letzten Ratschläge, es ist ein nicht enden wollender Monolog. Zum dritten Mal erinnert sie Blandine daran, keine Zeit mit dem Heer der jungen Damen zu verlieren, die sie werden kennenlernen wollen. Sie soll tanzen, und später beim Essen wird sie zusammen mit der Gräfin am Tisch der Gastgeber sitzen – sie ist der Ehrengast, die Attraktion des Abends in einer an Attraktionen armen Gesellschaft, die sich wieder und wieder trifft, die sich begierig auf jedes Gerücht stürzt und es so lange auswaidet, bis vom wahren Kern nichts übrig ist. Noch mal schärft ihr die Gräfin ein: Wer immer Blandine zum Essen einlädt, sie hat ihren Platz am Tisch der Gastgeber. Blandine hat gehofft, wenigstens mit Madame Scalia und Tina zu essen, aber das wäre unhöflich.

Sie schämt sich ein wenig wegen des schlichten Kleids, auch die Bänder und Schleifen können das nicht verbergen, und sie hat der Gräfin die Enttäuschung angesehen einen Moment lang. Sie fahren den Cassaro entlang in Richtung Piazza Marina, und jetzt lobt die Gräfin ihr Haar, ihre blauen Augen.

»Natürlich gibt es auch hier blonde Mädchen mit blauen Augen, das Erbe der Normannen. Aber das ist etwas anderes, du hast die weichen Züge des Nordens, zu denen das helle Haar und die blauen Augen passen, eine Harmonie, die den Damen hier abgeht, das wirst du sehen. Du hast in

Palermo alle Möglichkeiten.« Sie sieht Blandine durchdringend an, die den Blick abwendet und auf die dunkle Piazza Marina schaut.

Die Lichter, Stimmen, die Musik sind nach der Stille der dunklen Straßen beinahe ein Schock, als sie die große geschwungene Freitreppe zum Palazzo Butera hinaufsteigen. Blandine spürt, wie sich unzählige Augen auf sie richten, als sie in den großen Saal eintreten. Offensichtlich hat die Gräfin ihre Ankunft genau kalkuliert und den Moment zwischen der Ankunft der anderen Gäste, den ersten Erfrischungen und dem Beginn des Tanzes abgepasst, in dem die Erwartungen der Gäste auf dem Höhepunkt sind. Fürst und Fürstin Butera begrüßen sie überschwänglich, sie stehen vor einem riesigen Gobelin, der die Wand der hohen Eingangshalle bedeckt und von dem sie auch Augen anstarren, weit aufgerissene Augen, sie meint, eine Schlacht zu erkennen, Ritter, die sich mit langen Lanzen gegenseitig aufspießen, Pferde, die zu Boden gehen, auch ihre Augen sind vor Schreck geweitet, die Nüstern gebläht. Sie ist froh, dass sie nichts sagen muss, weil die Gräfin Mazzarini redet, sie dankt für die Einladung, lobt den Ball, erkundigt sich, ob schon alle eingetroffen sind, wann das Orchester zum Tanz spielt. Vom Französischen fällt sie ins Sizilianische, Blandine kann nicht folgen, die Gräfin fragt nach ihrem *carnet* und reicht es dem Gastgeber, der sich einträgt. In ihrer Erinnerung verschmelzen später Fürst und Fürstin Butera mit dem Wandteppich hinter ihnen, das Gesicht der Fürstin bleibt eine vage Erinnerung, aber die Augen sind die des Pferdes hinter ihr, groß und angsterfüllt. Vieles verschwimmt in ihrer Erinnerung: Frauen in Samt, Seide und

Brokat, Brillanten und Diamanten mit den kunstvollen *dolci* auf dem Buffet, die mit bunten, kandierten Früchten und grünen Pistazienkernen belegt sind. Bunte Seidenfächer, mit denen sich die Damen aufgeregt Luft zufächeln, mit den verschlungenen Ornamenten der Kacheln auf dem Boden des Ballsaales. Die roten Hummer, der gebratene, wie lackiert bräunlich glänzende Truthahn in der Mitte des Buffets, an dessen Beinen weiße Tüllen stecken, und die sorgfältig auf riesigen Platten angerichteten blau-grau schimmernden Fische, deren Namen sie nicht kennt und deren trübe Augen blind in die Höhe starren, mit der Fauna des großen Deckenfreskos im Ballsaal, das die Vertreibung aus einem vor Tieren wimmelnden Paradies darstellt.

Inmitten all der Pracht ist ihr ihre schlichte Garderobe schmerzlich bewusst, ein ungutes Gefühl in der Magengegend. Sie meint, dass alle darüber reden, es wird viel getuschelt hinter den Fächern, die jungen Mädchen kichern unablässig und starren die Herren an, die in Gruppen zusammenstehen und rauchen.

Die riesigen Räume sind hell erleuchtet, Murano-Leuchter in allen Farben werfen ein glänzendes Licht auf die Gesellschaft, auf lange Tafeln voller Porzellan, Limoges, wie ihr die Fürstin später sagt, auf glitzerndes Kristall, schneeweiße Tischdecken, auf die hohen, mit Gold eingefassten Spiegel im Ballsaal. Bald ist sie umringt von Menschen, die sie kennenlernen wollen: Damen mit ihren Töchtern, die sie in ihre Palazzi einladen – »Besuchen Sie uns doch mit Ihrer Frau Mutter!« –, junge Männer, die um einen Tanz bitten, ältere Damen, die ihre hellen Haare loben und nach Papa fragen, ob es stimmt, dass Cavaliere Ragusa keine Rücksicht auf den Maestro nimmt. Ein älterer Herr erzählt ihr, Ragusa hätte schon immer mit den Gästen gestritten, ganz anders als sein Vater im Hotel Trinacria, der bekannt für seine Sanftmut war. Eine alte Dame, die schielt und sehr laut spricht, echauffiert sich über Ragusas Heirat mit der Marchesa. Die Gräfin Mazzarini gibt ihr recht und fächelt sich mit ihrem Fächer Luft zu, und Blandine ist froh, als Tina und ihre Mutter zu ihr kommen und die schielende Marchesa von ihr ablässt. Sie freut sich über Tinas längliches, vertrautes Gesicht, daneben das runde ihrer Mutter mit den lieben, braunen Augen. Tina flüstert ihr zu, schlimmer könne es nicht kommen, mehr habe Palermo nicht zu bieten, sie sagt es auf Englisch und reicht ihr ein Glas Champagner.

Irgendwann nach Mitternacht, nachdem man angestoßen und Neujahrswünsche ausgetauscht hat, beginnt der Tanz, und auch hier wirbelt alles ineinander, sie tanzt viel, zuerst mit dem Gastgeber, der kleiner ist als sie und dem Schweißtropfen auf der Stirn stehen, dann mit einer Reihe junger Männer, großen und kleinen, alle im schwarzen Frack und blütenweißem Hemd oder in Uniform, alle sagen, es sei ihnen eine Ehre, und fragen, wie lange sie in Palermo bleiben werde, ob sie den Palazzo Reale und den Dom in Monreale bereits gesehen hat und wie es ihr gefällt, ob das Klima in Deutschland im Winter wirklich so grässlich ist, wie alle erzählen. Einer riecht nach Schweiß, ein anderer hat Schuppen auf den dunklen Schultern, einer lächelt schüchtern und sagt kein Wort, ein anderer schaut sie unter buschigen, schwarzen Augenbrauen beinahe wütend an. Klangvolle Namen –

Alliata di Pietratagliata, Lanza di Trabia, Filangeri di Cutò, Trigona, Moncada ... Fürsten, Grafen, Barone, Söhne von, Neffen und Cousins von ... An den ersten Tanz mit Biagio Gravina kann sie sich hinterher nicht mehr genau erinnern, sosehr sie es auch versucht. Es muss der letzte vor dem Abendessen gewesen sein, sie war müde und hat den Mann kaum mehr wahrgenommen, der schweigend mit ihr getanzt hat.

Als sie sich vom Abendessen erheben, steht er plötzlich vor ihnen: Biagio Gravina, sein Gesicht mit dem Backenbart ist ihr vage bekannt, die grünen Augen, die gerade, kräftige Nase, er erkundigt sich artig bei der Gräfin Mazzarini, ob er Blandine zum Buffet mit den Nachspeisen führen darf. Die Gräfin nickt herablassend, aber freundlich, und Blandine wertet das als Zeichen, dass der junge Mann jedenfalls keine schlechte Gesellschaft ist. Sie nimmt ihn jetzt erst richtig wahr, seine gerade Haltung, er ist etwas größer als sie, hat breite Schultern. Der Frack steht ihm gut, er hat ein freundliches Gesicht, gleichmäßige Züge, die grünlichen Augen haben einen sanften, wie stets besorgten Ausdruck, er trägt das hellbraune, glatte Haar sehr kurz und in der Mitte gescheitelt. Sein Lächeln ist schüchtern, obwohl sie später sieht, dass er in seiner Gruppe von Freunden im Mittelpunkt steht, dass alle zuhören, wenn er redet. Und er redet viel. Als die Gräfin huldvoll nickt, führt er sie zu einem Buffet, das sich unter Torten, Gebäck, Petit Fours, Beignets, Parfaits, Eiscreme und Schüsseln mit Bergen von weißglänzender Schlagsahne biegt.

»Das war die einzige Möglichkeit, Sie aus den Klauen der

Mazzarini zu befreien«, sagt er gespielt dramatisch. Seine Stimme ist angenehm hell, ein Tenor, das Französisch flüssig.

»Ich fühlte mich nicht gefangen«, sagt sie beinahe trotzig, und er lacht.

»Das merkt man oft selber nicht, Mademoiselle Blandine, glauben Sie mir. Bis jemand kommt und einen befreit. Aber genug von Gefängnissen, jetzt müssen Sie sich dieses Buffet anschauen – so etwas gibt es bei Ihnen in Deutschland nicht!«

Dann erklärt er ihr die verschiedenen Torten und Süßspeisen, die großen *cannoli*, die mit schwerer Ricotta gefüllten, frittierten Teigrollen, und die *minni di virgini*, ein Ausdruck, den sie nicht versteht und den er nicht in sein elegantes Französisch übersetzt. Er erzählt ihr von den arabischen Ursprüngen all dieser Leckereien und dass die Butera niemals in eine Pasticceria gehen würden, um sie zu kaufen – das Katerinenkloster bäckt für sie, vor allem, wenn ein Ball ansteht.

»Jede unserer Familien hat ein Kloster, das nur für sie das Backwerk für die großen Feste herstellt – denn in jeder Generation sind Söhne und Töchter der Familien in genau dieses Kloster, in diesen Orden eingetreten, und die Beziehungen sind eng. Das Katerinenkloster für die Butera, für die Filangeri ist es das Kloster San Pietro …«

Biagio Gravina hört nicht auf zu reden, und sie fragt sich, warum – will er ihr seine Welt erklären? Hat er ihr angesehen, wie fremd sie sich hier fühlt, inmitten all der Pracht?

Als sie nebeneinander an der Brüstung der Terrasse stehen, breitet sich vor ihnen der Golf von Palermo aus wie ein samtenes, nachtschwarzes Tuch. Der Lichtschein des Palazzo, die schmale Sichel des Mondes und die fahlen Sterne am Winterhimmel erhellen die Terrasse nur schwach, sie sieht bunte Kacheln auf dem Boden, erkennt kobaltblaue und sonnengelbe Ornamente, in der Sonne müssen diese Kacheln wunderbar leuchten. Hinter ihnen verklingen die Geräusche des Balls, und jetzt erzählt Biagio Gravina von dem Palazzo ganz in der Nähe, der seiner Familie gehört: derselbe Blick auf den Golf von Palermo – aber eigentlich stammen die Gravina aus einem Ort am Fuß des Ätna, jedenfalls sein Zweig der Familie. *Mare e monti,* sagt er, Meer und Berge, das ist Sizilien. In der Gegend um den Ätna nennt man ihn nie beim Namen, sondern einfach nur »den Berg«. Ramacca, der Stammsitz der Gravina, liegt an den Hängen des Ätna, der Berg ist überall, schön und gefährlich, manchmal spuckt er Feuer und Lava, aber diese Lava ist fruchtbar, sie bringt nicht nur Tod, sondern auch Leben. Er redet immer weiter, und sie denkt an *Tausendundeine Nacht.* Sie hört ihm gern zu, die Stimme ist angenehm, sein Französisch gewählt, sein Profil mit der geraden Nase gefällt ihr, sie sieht, dass seine Wangen gerötet sind, und sie spürt, dass auch sie erhitzt ist, dass der kühle Wind, der sie auf dem Hinweg in der Kutsche hat frösteln lassen, ihr nun angenehm ist. Jetzt erzählt er unvermittelt von Heiligen und Schutzheiligen, von Sant'Agata, einer der Schutzheiligen Catanias, und ihrem Martyrium, und sie versucht, seinen Gedankensprüngen zu folgen.

An der Terrassentür erscheint irgendwann die Gräfin Mazzarini und ruft nach ihr, ihre Stimme klingt indigniert. Blandine winkt und dreht sich zu ihm um.

»Ich muss gehen.«

»Aber wir sehen uns wieder?« Eine Dringlichkeit liegt in seiner Stimme, die sie überrascht.

»Ja, ja, vielleicht«, murmelt sie, »ich muss gehen, bitte entschuldigen Sie.«

Er schiebt ihr noch den Teller mit dem Kuchen hin, und ihr fallen seine kleinen, beinahe zarten Hände auf.

»Nehmen Sie – Sie müssen sie unbedingt probieren, jetzt, wo Sie die Geschichte der heiligen Agata kennen!«

Sie weiß nicht, was er meint, hat aber keine Zeit mehr nachzufragen, weil die Gräfin immer ungeduldiger winkt. Als sie mit dem Teller in der Hand zur Tür zurückgeht, erkennt sie die Form der merkwürdigen Kuchen mit dem unverständlichen Namen: Die *minni di virgini* sehen aus wie abgeschnittene Brüste, deutlich erkennt sie die gewölbte Form eines Busens mit den Brustwarzen und wird rot.

Im Osten färbt ein heller Streifen den Horizont pastellblau, als sie gegen sechs Uhr in die Kutsche steigen. Blandine dreht sich der Kopf, sie hat zwei Gläser Champagner getrunken und zu viel von dem Dessertbuffet gegessen, immer wieder hat jemand sie überredet, noch dies oder das zu probieren, Beignets, Parfaits, ein *cannolo,* ein Stück der riesigen Torte – und zuletzt ein frisch gebackenes Brioche mit Schlagsahne, das das Ende des Balles signalisiert.

Schweigend setzt sie sich in die Kutsche, und ihr Schweigen fällt nicht auf wie so oft an diesem Abend, jetzt, weil die Gräfin redet und bewertet, kommentiert und kritisiert.

Blandine will sich nach Biagio Gravina erkundigen, lässt es dann aber bleiben, sie fragt besser Madame Scalia und Tina. Die Gräfin Mazzarini erwähnt ihn nicht, sie spricht über drei junge Herren, mit denen sie im Lauf des Abends getanzt hat, die sie aber inzwischen schon nicht mehr auseinanderhalten kann – über einen abfällig, den jüngsten Sohn eines Grafen, der ein Frauenheld ist, dem Glücksspiel zugetan und der in Palermo sicher keine Frau mehr findet. Sie lobt den ältesten Sohn des Fürsten Denti di Pirajno, der zwar den Fuß ein wenig nachzieht, aber als einziges Kind der ganze Stolz seiner Eltern ist. Blandine erinnert sich vage an einen schweigenden Tänzer, der sie beinahe ängstlich angestarrt hat und kaum drei Worte auf Französisch herausgebracht hat.

»Beim Tanzen hat man nicht gemerkt, dass er hinkt«, sagt sie.

»Im Leben geht es nicht darum, ob einer hinkt«, ist das Urteil der Gräfin.

Der Cassaro ist bereits zu Leben erwacht, die ersten Händler preisen ihre Ware an, Fischer kehren vom Meer zurück, Handwerker öffnen ihre Werkstätten, und die Kutsche hat Mühe, sich einen Weg zu bahnen. Das Hotel liegt still zwischen den hohen Palmen, als Blandine sich von der Gräfin verabschiedet, die versichert, dass sie am Nachmittag die Mutter besucht, um ihr Bericht zu erstatten.

Als Blandine in ihr Zimmer kommt, findet sie einen großen Strauß rosafarbener Rosen mit einem Billett von Enrico Ragusa, der ihr alles Gute zum neuen Jahr wünscht.

6
Neujahr

1. Januar 1882

Das neue Jahr beginnt sonnig und mild, das letzte ausgetrocknete und bröcklige Weihnachtsgebäck ist gegessen, und in den Salons sind der Silvesterball und die anstehenden Karnevalsbälle das große Gesprächsthema.

Tina sitzt mit ihren Eltern beim Mittagessen, auch der Vater fragt nach dem Ball der vergangenen Nacht – er meidet solche gesellschaftlichen Anlässe, wann immer das möglich ist, langweilig und ermüdend nennt er sie, weil er gern früh zu Bett geht und um fünf Uhr aufsteht. Was für ein Unsinn, gegen zehn Uhr abends das Haus zu verlassen, die Nacht in Gesellschaft der Leute zu verbringen, die man sowieso immer sieht, und zu viel zu essen, um erst gegen sechs Uhr morgens ins Bett gehen zu können. Tina ist nicht besonders gesprächig, sosehr sie die Bälle liebt, so anstrengend findet sie den nächsten Tag nach einer beinahe durchwachten Nacht.

»Hast du keinen Hunger, mein Schatz?«, fragt Madame Scalia, weil Tina ihr Fleisch von einer Seite des Tellers auf die andere schiebt.

Tina gähnt verstohlen und beginnt, von dem Ball zu erzählen, von der etwas gewagten Garderobe einer Cousine zweiten Grades ihres Vaters und von ihren Tanzherren.

»Schade, dass es in der ganzen Stadt keinen Mann gibt, der größer ist als ich«, sagt sie. »Das Klima hier wird so gelobt, aber dem Wachstum der Herren ist es nicht zuträglich.«

»Diesen Sommer werden wir auf jeden Fall ein paar Monate in London verbringen«, sagt Madame Scalia, »nicht wegen der hochgewachsenen englischen Männer, aber du musst endlich wieder guten Unterricht bekommen. Jetzt warten wir erst einmal das Konzert bei den Wagners ab.«

»Ach Mama, was gibt es da abzuwarten, der Maestro wird höflich zuhören, höflich applaudieren – wenn wir Glück haben, denn er ist ja nicht immer höflich, wie man hört.«

Madame Scalia sieht sie streng an, ihr Vater lacht.

»Lass deiner Mutter den Spaß. Wie geht es der Tochter, wie heißt sie? Die ein paar Mal hier war. Ein hübsches, freundliches Mädchen, sicher war der Ball eine Abwechslung für sie zu den schlechten Launen ihres Vaters. Die ganze Stadt redet darüber.«

»Blandine war die Attraktion«, sagt Tina zufrieden, »man hat sich darum gerissen, mit ihr zu tanzen, ich glaube, sie wusste gar nicht, wie ihr geschah.«

»Eine Menge junger Männer waren interessiert, die üblichen zum Teil, zum Teil andere. Die Gräfin Mazzarini hat gelenkt und gesteuert, sie war in ihrem Element. Nun wird sie mit Donna Cosima besprechen, wer wirklich interessant ist und wer nur eine Zeitverschwendung.«

»Ach so, soll die Kleine verheiratet werden? Hier?« Der Vater schüttelt den Kopf. »Sie sieht aus wie fünfzehn.«

»Sie ist knapp zwanzig. Und die Situation ist nicht ganz einfach, auch darüber wird geredet«, sagt Madame Scalia mit einem vielsagenden Blick. »Donna Cosima hat mir anvertraut, dass es Zeit ist für Blandine und ihre ältere Schwester zu heiraten.«

»Was für eine Situation, my dear? Der Maestro will die Kuckuckskinder loswerden?«

»Alfonso, bitte!« Madame Scalia funkelt ihn böse an und wechselt schnell das Thema. »Tina, ich habe Alfredo gebeten, *scones* zu backen und Sandwiches vorzubereiten. Lass uns nach Mondello zum Picknick fahren. Da wird außer uns keiner sein, und das Wetter ist herrlich.«

Ihre Mutter hat aus England einige Marotten mitgebracht, die für sizilianische Verhältnisse undenkbar sind. Und obwohl die feine Gesellschaft Palermos sich weltoffen und international gibt, ihre Garderobe in Paris oder London bestellt, französisch gekocht wird, die Kindermädchen aus England oder Deutschland kommen und selbst das Spielzeug aus London geschickt wird, ist man Neuem gegenüber nicht offen. Zwar gehört eine *scampagnata* im Sommer zu jedem Aufenthalt auf dem Land dazu, aber das sind Aktionen größeren Ausmaßes: morgens um sieben brechen der Koch und ein Heer von Dienern auf, um irgendwo auf der Terrasse eines kleinen Landhauses auf den ausgedehnten Ländereien eine Tafel aufzubauen, festlich zu decken und unter Mühen ein Menü auf den Tisch zu zaubern, bis gegen Mittag die Herrschaften eintreffen und im Freien ihr *déjeuner* einnehmen. Ein Picknick hingegen ist undenkbar – der Koch packt einen Korb und kommt dann nicht mit? Man braucht die Dienerschaft nicht? Sitzt auf einer Decke auf dem Boden? Isst Sandwiches mit der Hand? Tina muss zugeben, dass das hier in Palermo skurril wirkt – zumal die englischen Wiesen fehlen, auf denen man seine Decke ausbreiten kann. Madame Scalia hat versucht, einige ihrer Freundinnen davon zu überzeugen, aber die Sorge, bei einem solchen Abenteuer beobachtet zu werden und zum Stadtgespräch zu avancieren, hatte selbst die Wagemutigeren unter den Damen abgeschreckt.

Tina amüsiert sich sehr über die vergeblichen Versuche ihrer Mutter, englische Sitten einzuführen und den Horizont ihrer sizilianischen Freundinnen zu erweitern.

Als sie am Nachmittag am vollkommen verlassenen Strand von Mondello auf einer grünblau karierten Wolldecke sitzen, den Monte Pellegrino im Rücken, vor sich das Halbrund der Bucht, geschlossene Badehäuser und eine leere Strandpromenade, denkt sie, dass man es hier im äußersten Süden Italiens doch aushalten kann, wenn man sich von den Leuten, die sich zur besseren Gesellschaft zählen, nicht beeinflussen lässt. Aber dafür ist ihre Mutter viel zu eigensinnig, und ihr Vater führt sowieso ein zurückgezogenes Leben.

Woher die Hunde gekommen sind, kann sie hinterher nicht mehr sagen, sie hat sie nicht bemerkt und auch die Männer nicht gesehen, die sie an der Strandpromenade haben laufen lassen. Wild bellend brechen plötzlich zwei hinter ihr aus den dichten Oleanderbüschen, die die Promenade vom Strand trennen. Sie laufen auf sie zu, ihre Mutter springt auf, Tina ebenfalls, aber da sind die Hunde schon bei ihr und springen schwanzwedelnd an ihr hoch. Braun-weiß gefleckte Pointer, wo kommen diese englischen Hunde her? Sie lässt das angebissene Sandwich fallen, einer der Hunde beginnt, ihre Hand abzulecken, der andere schnappt nach dem Weißbrot, die Picknickdecke ist nun über und über mit Sand bedeckt, Becher, Teller und Besteck rollen in den Sand. Sie beginnt, beide zu streicheln, sie liebt Hunde, hat immer welche gehabt, aber nachdem ihr geliebter Cockerspaniel Tuffy im vergangenen Jahr gestorben ist, hat sie es noch nicht übers Herz gebracht, einen neuen anzuschaffen. Die Hunde umspringen sie immer noch laut bellend.

»Fox, Scotty, hierher!«

Die Stimme klingt ärgerlich, jetzt steht ein Mann vor ihr, kleiner als sie, ungefähr dreißig, helle Haare, schmales Gesicht, Backenbart, blaue Augen, sorgfältig gekleidet wie für eine Landpartie. Er hebt den Hut, grüßt und entschuldigt sich, er ruft noch einmal nach den Hunden, aber die lassen nicht von ihr ab.

Der Mann, der sich als Joseph Whitaker vorstellt und seinen Begleiter als einen Cousin aus England, pfeift scharf, packt schließlich beide Hunde am Nacken, legt sie an die Leine und entschuldigt sich wieder und wieder. Eigentlich gehorchen Scotty und Fox aufs Wort, murmelt er, so etwas hat er noch nie erlebt. Er macht sich an der versandeten Picknickdecke zu schaffen, hebt das verstreute Geschirr und Besteck auf und besänftigt ihre Mutter, während Tina sich den Sand vom Kleid klopft. Man sieht Mister Whitaker an, dass ihm der Vorfall unangenehm ist.

Als Tina seine beiden Hunde streichelt und deren glänzendes Fell lobt, entspannt er sich sichtlich.

»Ein Picknick in Mondello – das muss meine Hunde ebenso begeistert haben wie mich«, sagt er jetzt schüchtern, und sein Cousin, ein kleiner Mann um die vierzig mit hellen Haaren und etwas vorstehenden, wässrigen blauen Augen, beklagt sich, dass diese ungezwungene Art der Mahlzeit hier vollkommen unbekannt ist, obwohl das Klima viel häufiger ein Picknick erlaubt als in England.

Tina sieht, dass die Mutter durch diese Wendung des Gesprächs besänftigt ist und die beiden Männer nun mit Interesse mustert.

»Sie haben meine Pointer beeindruckt, Mademoiselle«, sagt Joseph Whitaker zu Tina. Dann stockt er.

»Vielleicht begleiten Sie mich auf die nächste Jagd?« Er macht eine Pause und redet schnell weiter, als sie nichts sagt. »Sie können doch reiten?«

Tina will etwas erwidern, da mischt sich ihre Mutter ein und erklärt Joseph Whitaker, dass ihre Tochter natürlich reiten kann, dass sie lang genug in England gelebt haben, um an verschiedenen Jagden teilzunehmen. Dann fragt sie, ob Joseph Whitaker verwandt ist mit einer guten Bekannten von ihr, auch einer Whitaker, mit der sie manchmal Whist spielt. Es ist in der Tat eine Cousine seiner Tante, und ihre Mutter wird immer neugieriger, aber bevor sie die beiden Männer in ein Gespräch verwickeln kann, entschuldigen die sich, weil die Hunde unruhig sind, sie zerren an den Leinen und versuchen immer wieder, zu Tina zu laufen.

»Es war mir ein Vergnügen – und ich bitte nochmals um Entschuldigung«, ruft Joseph Whitaker und winkt. »Auf bald einmal!«

Als sie später dem Vater davon erzählen, lobt er die Familie Whitaker, genau die Art von Kaufleuten, wie Sizilien sie braucht.

»Das muss Joseph junior gewesen sein, Pip genannt, der Sohn von Joseph Whitaker. *Denen* gehört Sizilien, nicht euren Fürsten und Grafen in den dunklen Palazzi«, sagt er.

Am Tag danach hat Tina die Begegnung fast vergessen, andere Dinge geschehen – Donna Cosima schlägt endlich ein Datum für das kleine Hauskonzert vor, das auf Einladung der Gräfin Tasca in deren Villa in Mezzomonreale stattfinden soll, und obwohl Tina sich darüber lustig gemacht hat, wird sie nun doch nervös und zieht sich jeden Tag in das Musikzimmer zurück, um ihr Repertoire zu üben.

Als sie zwei Tage später die Marina entlangfahren, steht Joseph Whitaker mit seinem Cousin am Straßenrand, hebt den Hut und grüßt. Die Mutter ist sich sicher, dass er sie abgepasst hat, sie hat ihn zuvor noch nie hier gesehen. Tina wird ein wenig ärgerlich, ihre Mutter liebt sie abgöttisch und geht davon aus, dass die Welt sich einzig und allein um ihre Tochter dreht. Woher soll Joseph Whitaker wissen, wann sie an die Marina fahren?

Blandine trifft sie drei Tage später, diese erzählt ihr von dem Besuch der Gräfin Mazzarini am Neujahrstag und ihrem Urteil über die verschiedenen jungen Männer, mit denen sie getanzt hat.

»Hat dir denn einer gefallen?«, fragt Tina sie während eines Spaziergangs im Botanischen Garten.

»Ich hatte ja kaum Gelegenheit, mit ihnen zu sprechen,

und konnte mit keinem zweimal tanzen. Es ging alles sehr schnell ...«, antwortet Blandine zögernd.

»Und dann hat dich die Gräfin mit Argusaugen beobachtet – das hätte mir auch keinen Spaß gemacht«, sagt Tina, und Blandine beeilt sich, ihr zu versichern, wie dankbar ihre Mutter und sie für die Begleitung der Gräfin zum Ball waren.

»Ja, ja, ich weiß, aber mehr Vergnügen hättest du ohne sie gehabt. Die Bälle hier sind wirklich prächtig, man scheut weder Mühe noch Kosten, in keiner anderen Stadt in Italien habe ich solche Feste erlebt. Warte mal ab, die Karnevalsbälle sind noch bunter, aber da gehst du lieber mit uns hin, versprochen?«

»Versprochen. Bis dahin ist auch Daniela hier, und vielleicht kommt meine Mutter mit, sie wollte Papa nur zu Silvester nicht allein lassen.« Blandine zögert einen Moment. »Kennst du die Familie Gravina? Biagio Gravina?«, fragt sie dann.

Tina kennt ihn nicht, auch die Familie sagt ihr nichts, aber das heißt nichts, sie lebt noch nicht lange in Palermo. Sie will sich nach der Mutter umdrehen, die ein paar Meter hinter ihr geht und ins Gespräch vertieft ist mit einer englischen Freundin, die zu Besuch ist, aber Blandine hält sie davon ab.

»So wichtig ist es auch nicht«, sagt sie. »Er hat mir die Aussicht aufs Meer von der Terrasse gezeigt und ununterbrochen geredet.« Als Tina sie prüfend ansieht, wechselt sie das Thema und erkundigt sich nach Tinas Tanzherren, die abwinkt – langweilig, immer dieselben –, der aber die Begegnung in Mondello einfällt und die Blandine von dem Mann mit den beiden Hunden erzählt.

»Whitaker...«, sagt Blandine, »der Palazzo des Des Palmes gehörte früher auch einer englischen Familie, bevor Ragusa ihn gekauft und in ein Hotel verwandelt hat. Warte mal, wie hießen die...«

»Das sind die Inghams. Sie und die Whitakers machen große Geschäfte hier. Na, dein Ragusa ja auch«, fügt Tina hinzu, »seine Familie hat Hotels in Agrigent und Taormina. Nur der Adel verschläft die neue Zeit, sagt mein Vater.«

Tina merkt, dass Blandine der Scherz über Ragusa unangenehm ist, sie druckst herum und erzählt dann, dass sie das Hotel wohl bald verlassen werden, weil es immer wieder zu Auseinandersetzungen kommt und man kein Verständnis für die Situation ihres Vaters hat. Tina hütet sich, dazu etwas zu sagen, sie erkundigt sich, ob sie schon etwas gefunden haben, aber Blandine weicht aus und kommt noch einmal auf die Begegnung in Mondello zurück: »Hat er dir gefallen? Seht ihr euch wieder?« Tina hat nicht darüber nachgedacht, ob sie Joseph Whitaker wiedersehen will. Vielleicht ja, seine Schüchternheit war ihr sympathisch. Eine englische Zurückhaltung, die sie von den italienischen jungen Männern nicht kennt. Er ist mehrmals rot geworden wie ein junges Mädchen. Nein, denkt sie, ich habe gar nichts dagegen, ihn wiederzusehen.

Am Abend nach dem Essen – ihr Vater hat sich längst zurückgezogen, und sie sitzen zu zweit im Salon – fragt Tina ihre Mutter nach der Familie Gravina, nach Biagio Gravina, aber sehr viel mehr, als Blandine schon wusste – eine Familie, die aus der Nähe von Catania stammt und einen Palazzo in der Via Butera bewohnt –, erfährt sie von ihr nicht.

»Gefällt er Blandine?«

»Ich weiß es nicht – vielleicht. Er war der Einzige, von dem sie erzählt hat, das ist doch ein gutes Zeichen, oder?«

»Hauptsache, sie vergisst Ragusa, den Hoteldirektor. Ich fürchte, sie hat sich ein wenig in ihn verliebt«, sagt die Mutter und gibt Tina einen Kuss auf die Stirn.

7
Daniela

31. Januar 1882

Mitte Januar vollendet Papa den *Parsifal,* und eine Anspannung weicht von ihnen allen, die sie seit ihrer Ankunft in Palermo begleitet hat. Papa ist guter Dinge, er begleitet Mama bei Besuchen und zieht sich nicht zurück, wenn sie im Hotel Gäste empfängt. Nicht immer jedenfalls, und er bezeichnet nicht jeden Besuch als überflüssigen Störenfried, mit dem er Französisch sprechen muss. Waren die anderen Hotelgäste bislang einzig Anlass zu Beschwerden und Ärgernis, werden sie jetzt mit Nachsicht oder Humor betrachtet. Sie sind alle fröhlicher, auch die kleinen Geschwister, sie scherzen – Fidi auf Sizilianisch, was Mama und Papa immer wieder begeistert. Auch Rubinsteins ernstes Gesicht sieht entspannter aus, manchmal lächelt er sogar, und abends spielt er ihnen zum Vergnügen vor – der Klavierauszug, an dem er Tag für Tag gearbeitet und um den er mit Papa gerungen hat, liegt auf Papas Sekretär und wird nicht mehr angerührt. Sie fahren fast jeden Tag zu Besuch in die Villa Florio, zu dem großen Uhu, den Papa so liebt. Schläfrig sitzt er in seiner großen Voliere auf einer Stange und schaut sie reglos an. Sein linkes Auge ist meistens geschlossen, so als lohne die Welt keine zwei offenen Augen.

Ein französischer Maler war da und hat Papa porträtiert, und selbst das hat er gut gelaunt über sich ergehen lassen, obwohl ihn das Ergebnis eher befremdet. Joukowsky hat die Sitzung genutzt und ebenfalls ein Porträt angefertigt, und sein Bild gefällt Blandine besser als das andere – Papa selbst bezeichnet es als wunderlich, es sähe aus wie der »Embryo eines Engels, als Auster von einem Epikuräer verschluckt«.

Und sie fahren immer häufiger in das kleine Landhaus in der Nähe der Villa Camastra, in die Villa ai Porazzi, die sie bald beziehen werden. Nicht so schnell, wie Mama gehofft hat, weil viel zu tun und vorzubereiten ist. Unterstützt von der Gräfin Tasca lassen sie das Haus herrichten, die Tapezierer müssen kommen, neue Stoffe werden ausgesucht für die Gardinen im Salon, ein Klavierstimmer wird bestellt, denn auf dem Klavier in der Villa wurde lang nicht mehr gespielt. Im Vergleich zu der prächtigen Villa Tasca wirkt die Villa ai Porazzi schlicht, aber gemütlich. Antonio, ein Mann, dessen Alter Blandine nicht schätzen kann und der so dunkelhäutig ist, dass sie ihn anfangs für einen Nordafrikaner hält – auch weil sie kein Wort von dem versteht, was er sagt –, und der eine Art Hausmeister und Wächter ist, richtet den Garten her, jätet, pflanzt, verschneidet die Hecken, um alles so schön wie möglich für ihre Ankunft zu machen. Als Fidi einmal mit ihnen mitfährt, kommt er schnell mit ihm ins Gespräch, er ist stolz darauf, dass er Antonios Dialekt trotz dessen fehlender Zähne versteht.

Blandine ist in diesen Tagen so mit dem bevorstehenden Umzug beschäftigt, dass sie Tina und ihre Mutter nicht mehr trifft. Ab und zu fällt ihr Biagio Gravina ein, sein schönes

Profil mit der geraden Nase, der besorgte Ausdruck der grünlichen Augen, seine Erzählungen über Normannen, Araber und Bourbonen, über die *dolci* und jene Heilige, deren Brüste abgeschnitten wurden. Daniela will sie von ihm erzählen, das auf jeden Fall. Obwohl sie nicht weiß, ob sie ihn wiedersieht. Wann und wo überhaupt? Es ist auch nicht wichtig, aber sie hat sonst nichts zu erzählen, hat Rom und Danielas Erlebnissen in der Gesellschaft an der Seite des Großvaters nichts entgegenzusetzen. Von dem Mädchen Elvira und vor allem von Enrico Ragusa kann sie Daniela nichts sagen. Die würde sie auslachen.

Ragusa sieht sie kaum. Blandine wird immer noch heiß, wenn sie an die Begegnung mit ihm im Hotelgarten denkt. Was hat sie bei dem Konvent zu suchen gehabt? Was geht sie das kleine Mädchen an? Wieso hat Ragusa ihr das alles überhaupt erzählt? Ragusas Frau wird ihr Kind bald bekommen und ist trotz des mächtigen Bauchs von strahlender Schönheit: Die tiefschwarzen Haare glänzen, die Wangen sind immer leicht gerötet, ihre kleinen, geraden Zähne schimmern wie eine Perlenkette zwischen den rosigen Lippen. Die Augen sind dunkel, fast schwarz, schwarz wie Ebenholz, denkt Blandine, und die Märchen der Brüder Grimm kommen ihr in den Sinn. Die Marchesa ist zu allen freundlich und herzlich, ohne jemandem zu nahe zu treten oder zu bedrängen. Wem immer sie ihre Aufmerksamkeit widmet, der fühlt sich geschmeichelt und kann sich dem Zauber ihrer Schönheit nicht entziehen – weder Männer noch Frauen. Sie begrüßt alle Gäste mit der gleichen Aufmerksamkeit und beschwichtigt selbst Papa, der sich über Ragusa und seine Rechnungen ärgert.

Und dann ist Daniela an einem sonnigen Morgen Ende Januar endlich da. Der Vorwurf der Mutter, sie verberge sich hinter der großen Schwester, ist Blandine nachgegangen in den Tagen vor deren Ankunft. Sie hat sich nicht wohlgefühlt auf dem Ball, in Begleitung dieser schönen Gräfin, die sie selbst dann nicht aus den Augen gelassen hat, als sie selbst von verschiedenen Herren umschwärmt wurde.

Daniela hätte sich nicht einschüchtern lassen, so wie sie es auch im Internat und bei der Großmutter nicht getan hat. Daniela ist auch diejenige, die die Briefe an den Vater schreibt und darüber mit Mama und Papa spricht. Wenn sie selbst schreiben muss – zum Geburtstag und zu Weihnachten –, braucht sie dafür sehr lang, und die Briefe sind meistens kurz und klingen unpersönlich. Sie erinnert sich kaum an den Vater; inzwischen hat sie ihn zwölf Jahre nicht gesehen. Und obwohl sie froh darüber ist, dass Daniela diejenige ist, die zwischen ihm und der Mutter vermittelt, verletzt sie die Fremdheit zwischen ihnen. Er ist doch ihr Vater, auch wenn Papa von Anfang an darauf bestanden hat, dass Daniela und sie ihn Papa nennen. Der Vater hat inzwischen eine Verlobte, auch das weiß sie nur von Daniela. Immer ist es Daniela, die alles weiß und ihr erzählt, seltener ihre Mutter. Deshalb ist ihr die Trennung von der Schwester so schwergefallen, hat sie mit Sorge Danielas Briefe gelesen und den Gesprächen der Eltern über Danielas Zukunft zugehört, über Heiratsaussichten und die Überlegung, beim Großvater zu bleiben, vielleicht mit ihm zurück nach Budapest zu gehen. Sie weiß, dass sie sich irgendwann trennen werden, dass sie beide heiraten und nicht mehr ständig beieinander sein werden. Der Gedanke verursacht ein flaues Gefühl im Magen, und manchmal wird dann ihr Kopf ganz leicht, und ein Schwindel ergreift sie.

Doch für dieses Mal scheinen sie noch einen Aufschub bekommen zu haben, und Daniela trifft morgens gegen neun im Hotel ein. Sie ist müde, ihre Kleidung staubig und zerdrückt von der Reise, sie hat kein Auge zugetan auf der Fähre von Neapel nach Palermo, weil die See unruhig war und die anderen Passagiere laut. Die Mutter schließt sie in die Arme, die kleinen Geschwister umringen sie und stellen ihr tausend Fragen, aber Blandine sieht, dass die Schwester ihren Blick sucht, auch als Papa ihr einen Kuss auf die Stirn drückt.

»Ich erzähle dir später alles, wenn wir allein sind«, flüstert sie Blandine ins Ohr, als sie sie stürmisch umarmt. »Du siehst so hübsch aus, die sizilianische Luft tut dir gut!« Dann lässt sie die Schwester los, Mama möchte, dass sie gemeinsam frühstücken, bevor Papa einen Ausflug mit ihr macht. Er will ihr seine Lieblingsstraße zeigen, die Via Libertà und den Uhu in der Villa Florio. Und die Sonne scheint dazu, der Himmel ist von einem frischen Blau, in dem alles neu, wie gerade erschaffen aussieht, der Unrat auf den Straßen verschwindet und die Armut und das Elend malerisch wirken. Papa stellt ihr sogar den Bettler vor, dem er bei jedem Spaziergang ein paar Münzen gibt, ein alter Mann ohne Zähne, gebeugt und auf einen Stock gestützt, ein runzliges Gesicht wie ein schrumpeliger Apfel mit freundlichen dunklen Augen, die sie unter buschigen Augenbrauen wach anblicken.

Daniela ist angemessen beeindruckt von der Stadt, sie weiß nichts Gutes von Rom zu berichten und lobt hingegen alles, was sie hier sieht. Über den Großvater wird nicht gesprochen, und die Mutter weist sie zurecht, als ihr Ton schrill wird bei der Beschreibung einer römischen Comtesse, der sie ihre Aufwartung machen musste.

Am Abend reden Daniela und Blandine vor dem Einschlafen im Bett lange miteinander. Daniela erzählt von Festen und Bällen, von Empfängen und Besuchen bei Fürsten und Grafen.

»Hat dir einer gefallen? Mama sagt, ein österreichischer Baron hat dir den Hof gemacht?«

Daniela kichert. »Ja, der Sohn einer Freundin der Fürstin Sayn-Wittgenstein – du kannst dir denken, was das für ein Unhold war ...«

Vor der Gefährtin ihres Großvaters, der Fürstin Carolyne von Sayn-Wittgenstein, hat sich Blandine immer gefürchtet, sie ist streng, zynisch und vollkommen unberechenbar.

»Wie du es dort überhaupt ausgehalten hast ...«

»Wie Großpapa es aushält, ist die Frage – der Ärmste. Er ist ein Genie, das erkennen alle an. Aber diese Frau hat eine Macht über ihn, die beinahe unheimlich ist.« Daniela macht eine kleine Pause und denkt nach. Dann redet sie schnell weiter: »Der Österreicher hatte eine Hasenscharte und sprach nicht einmal ordentlich Französisch. Aber es war deutlich zu spüren, dass die Fürstin annahm, er sei eine gute Partie für mich.« Jetzt klingt ihre Stimme bitter.

»Wenn es der Sohn einer Freundin ist, schätzt sie vielleicht seine Vorzüge über die Maßen und sieht seine Schwächen nicht ...«, wendet Blandine vorsichtig ein.

»Unsinn!« Daniela schnaubt verächtlich. »Sie wollte mich loswerden, fürchtete, ich könnte wirklich bei Großpapa bleiben. Das will sie nämlich nicht! Und sie hat sich durchgesetzt wie immer.«

Das Fenster ist geöffnet, draußen bewegen sich die Wedel der hohen Palmen leicht im Wind, und ein Vollmond steht am Himmel, der ihr überdimensional groß vorkommt und ein kaltes, weißes Licht in den Garten wirft. Es muss schon spät sein, und sie spürt, wie sie langsam müde wird. Daniela hat das Zimmer begutachtet, sich über den merkwürdigen Geruch des schweren dunklen Holzschranks gewundert, die Matratze befühlt, sie haben – wie immer – entschieden, die Samtvorhänge nur zur Hälfte zuzuziehen, damit der Raum nicht vollkommen dunkel ist.

Jetzt wechselt Daniela das Thema, sie fragt nach dem Silvesterball, will alle Einzelheiten noch einmal wissen, die sie ihr schon nach Rom geschrieben hat, doch Blandine hört, wie ihr Atem gleichmäßiger wird. Sie spürt, wie auch ihr die Lider schwer werden, die Unruhe der vergangenen Wochen ist verschwunden, sie wird nicht wach liegen heute Nacht, und alle Gedanken, die um das eigene Leben gekreist sind, sind wie weggeblasen. In der Ferne hört sie das Meer rauschen, sie hat das nach der ersten Nacht beim Frühstück erzählt, aber Papa hat sie ausgelacht – das Meer ist zu weit weg, es wird der Wind in den Palmen sein. Sie glaubt immer noch, dass es das Meer ist, spricht aber nicht mehr darüber. Von allen Psalmen, die sie lernen mussten, ist ihr ein Vers aus Psalm 139 der liebste: »Nähme ich Flügel der Morgenröte und ließe mich nieder am äußersten Meer, so würde mich doch deine Hand daselbst führen und deine Rechte mich halten.« Jetzt sind wir am äußersten Meer angekommen, denkt sie beim Einschlafen.

Von Biagio Gravina und seinen Geschichten erzählt sie Daniela erst am nächsten Nachmittag. Sie gehen an der Marina entlang, und sie zeigt ihr die Terrasse des Palazzo Butera, auf der sie mit dem Grafen gestanden hat. Ein kühler Wind fährt ihnen in die Haare, sie müssen die Hüte festhalten und lachen. Es ist nicht der richtige Tag für einen Spaziergang an der Marina, aber Blandine hat in ihren Briefen so viel darüber geschrieben, dass Daniela darauf besteht, gleich am Tag nach ihrer Ankunft hierherzukommen. Die Geschwister wollten mitkommen, aber Eva und Loldi müssen noch ihren Französischunterricht absolvieren, und so ist nur Fidi dabei, der die großen Schwestern nicht beachtet, weil er nach einem Motiv sucht, das er zeichnen kann – den Hafen mit den Segelschiffen, deren weiße Segel im Wind flattern? Die großen Wolkengebirge, die schnell über den durchsichtig blauen Himmel ziehen? Noch einmal den Monte Pellegrino, der sich in die Bucht von Palermo schiebt? Das Dampfschiff aus Neapel liegt zu weit weg, um es zu zeichnen. Den kleinen Tempel an der Marina? Oder lieber die Porta Felice, das schöne Stadttor? Er läuft hin und her und entscheidet sich dann für das Stadttor, vor dem ein Maronenhändler seinen rostigen, zylinderförmigen Kessel aufgebaut hat. Blandine und Daniela ist es zu kühl, sie wollen in ein Café gehen, und der kleine Bruder winkt ihnen zu, er kommt nach, erst will er den Mann zeichnen, wie er von Dunstschwaden umzogen mit bloßen Händen Maronen aus dem Kessel fischt und in dreieckige Tüten aus grobem braunem Papier packt.

Das Café Ilardo ist leer an diesem Tag, auch hier ist es relativ kühl. Blandine schwärmt Daniela von den verschiedenen

Eissorten vor, die sie sich an schönen Tagen in der Kutsche der Scalia haben servieren lassen. In das Café selbst ist sie mit Madame Scalia und Tina nie gegangen, Madame Scalia besteht darauf, bei ihren Fahrten über die Marina die Kutsche nicht zu verlassen. Blandine ist verunsichert, weil der Kellner sie befremdet anschaut, aber dann bestellen sie *spongato* und *semifreddo* und lachen über seine schlechtsitzende schwarze Hose und den Versuch, Italienisch mit ihnen zu reden. Daniela ist ausgeruht, ihr dunkler Teint, der gestern nach der Ankunft grau wirkte, sieht heute frisch aus, die ihr so vertrauten Augen – eins graublau, eins braun – schauen sie wach und vor allem neugierig an. Fast drei Monate sind sie in Palermo – die Schwester muss ihr unbedingt alles erzählen, was sie erlebt hat! Und jetzt kann Blandine Daniela von dem Grafen erzählen, seiner geraden Haltung, den melancholischen Augen und dem edlen Profil. Von den Gesprächen, die er mit ihr geführt hat, so anders als die anderer junger Männer, die verschämt ein Kompliment stammeln oder sie auszufragen versuchen.

»Und wann seht ihr euch wieder? Habt ihr eine Verbindung? Einen Dienstboten?«, unterbricht Daniela sie ungeduldig, als sie gerade Biagio Gravinas Erläuterung zum Ätna wiederzugeben versucht. Blandine verstummt. Die Gräfin Mazzarini hat sie ja weggerufen, sie haben sich nur flüchtig verabschiedet, und sie weiß nicht einmal, ob er sie wiedersehen will. Eigentlich hat nur er geredet.

»Wir haben nicht darüber gesprochen ... Es kam nicht dazu«, sagt sie leise.

»Er hält dir Vorträge über die Geschichte Siziliens und

redet nicht über ein Wiedersehen? Findest du das nicht merkwürdig?«

»Nein, es war eigentlich …« Sie sucht nach dem richtigen Wort. »Es war interessant, was er erzählt hat.«

Sie sieht Danielas mitleidigen Blick und denkt fieberhaft nach, ob Gravina irgendetwas gesagt hat, das Bestand hat in den Augen der Schwester.

»Wie alt ist er? Was weißt du über die Familie?« Daniela insistiert, und Blandine merkt, wie ungehalten sie ist, gleich wird sie aufbrausen – aber sie weiß nicht zu antworten.

»Er hat mir von den Normannen erzählt und gesagt, dass wir vielleicht sogar gemeinsame Vorfahren haben, weil seine Familie ja auch aus dem Norden kommt.«

»Wie meinst du das?«

»Hier auf Sizilien ist es wichtig, auf welche Eroberer eine Familie zurückgeht: Normannen, Schwaben, Spanier, Bourbonen. Er kann seine bis auf die Normannen zurückverfolgen.«

Sie sieht, dass Daniela das Interesse an dem verliert, was sie sagt.

»Und seine Eltern? Haben sie Land? Wo ist der Stammsitz der Familie?«

»In Ramacca, das ist in der Nähe des Ätna. Mehr weiß ich nicht. Und einen Palazzo hier ganz in der Nähe haben sie, in der Via Butera.«

»Was hat Mama dazu gesagt? Und die Gräfin, mit der du zum Ball gegangen bist?«

»Wir haben nicht darüber gesprochen …«

Eigentlich ist Biagio Gravina gar nicht so wichtig, er war nur interessanter als ihre anderen Tanzherren. Sie stellt fest, dass sie wenig von dem Ball zu erzählen hat, jedenfalls nichts, das Daniela interessiert. Die riesige Terrasse mit den schimmernden Kacheln, die Pracht der Buffets und die nachtschwarze Bucht von Palermo unter dem hohen Sternenhimmel, Gravinas heller Tenor, sein elegantes Französisch: Diese Eindrücke behält sie lieber für sich.

Als sie später ins Hotel kommen, ist Mama ärgerlich. Sie haben sich nicht um Fidi gekümmert, der über eine Stunde lang in dem kalten Wind vor dem Stadttor gezeichnet und jetzt dreimal hintereinander geniest hat. Sie hatten als ältere Schwestern den Auftrag, auf ihn aufzupassen, sie wissen, dass er die Zeit vergisst, wenn er zeichnet, und bei diesem Wetter ist das vollkommen unverantwortlich. Mama gerät zunehmend außer sich, Fidis Lippen sehen blau aus, sagt sie, sie klingelt nach dem Mädchen, das ein heißes Bad einlassen soll, und Fidi verschwindet kleinlaut, während Blandine beschämt schweigt und Daniela versucht, die Mutter zu beruhigen, was ihr nicht gelingen will. Die redet sich in Rage – heute Abend ist das Diner bei der Gräfin Tasca, und morgen steht der Umzug in die Villa Porazzi an – müssen die beiden Damen da zwei Stunden lang verschwinden?

Die heitere Ausgeglichenheit der letzten Tage ist durch den anstehenden Umzug und die Abendeinladung erneut einer aufgeregten Stimmung gewichen – niemand weiß, wie Papa reagieren wird, wie er sich in der neuen Umgebung zurechtfindet. Die Aussicht auf einen Abend in Gesellschaft, bei dem nur Französisch gesprochen und für ihn gesungen wird, tut das Übrige. Blandine wird nervös, wenn sie an Tinas Auftritt denkt. Sie hat überlegt, Mama von dem Gespräch mit Papa zu erzählen, hat den Gedanken dann aber verworfen. Bestimmt hat Papa längst vergessen, was er ihr gesagt hat.

Sie weiß, dass die Mutter sich fragt, ob der Umzug die richtige Entscheidung ist, ob sie nicht besser hätten abreisen sollen. Oder noch ein paar Tage im Des Palmes bleiben. Oder ein anderes Hotel suchen … Die Idee, die Stadt zu verlassen, schien gut – die Ruhe, die Natur, keine Besucher. Aber dann erklärte Graf Tasca, dass er zwei mit einer Flinte bewaffnete Männer zu ihrem Schutz abgestellt hat, und Papa wehrt sich gegen den Gedanken, sich bewachen zu lassen. Mama will das am Abend erneut mit den Tascas besprechen, jetzt erklärt sie Daniela, dass es außerhalb Palermos von Banditen wimmelt und der Graf sicher recht hat. Mit der Entschuldigung, dass sie packen muss, zieht sich Blandine in ihr Zimmer zurück, während Daniela Mama begleitet, die noch einmal in die Villa Porazzi fahren möchte – der Polsterer wird erwartet und wird zwar von der Gräfin Tasca empfangen, aber Mama möchte sichergehen, dass wirklich alles so hergerichtet wird, wie sie es wünscht.

Blandine nimmt in Gedanken versunken die Wäsche aus der Schublade im Schrank, als sie draußen vor dem Zimmer aufgeregte Stimmen hört, sie sprechen Sizilianisch, und sie kann nur einzelne Wörter ausmachen. Als sie die Tür öffnet, sieht sie eins der Zimmermädchen, das das kleine Mädchen Elvira am Kragen gepackt hat und wegzuziehen versucht.

»Was machst du da?«, fragt Blandine und geht dazwischen, aber das Mädchen versteht sie nicht, beschämt lässt sie das Kind los, das zu weinen beginnt. Blandine zieht sie in ihr Zimmer und schließt die Tür. Die Kleine steht schluchzend im Raum, es ist ein dünner, hoher Ton, ihre Augen scheinen mit den Tränen alle Farbe verloren zu haben, sind nur noch zwei helle Schlitze in dem weißen, dreieckigen Gesichtchen. Blandine nimmt sie an der Hand und führt sie zu dem kleinen Sessel in der Ecke des Zimmers. Sie gibt ihr ein Glas Wasser und wartet darauf, dass sich das Schluchzen beruhigt. Als sie sich vor das Kind kniet und fragt, was passiert ist, schüttelt die Kleine den Kopf, lässt sich aber über den Kopf streichen. Dann klopft es, und die Tür wird aufgerissen – Enrico Ragusa steht im Raum. Er entschuldigt sich für die Unannehmlichkeiten und will das Kind aus dem Sessel ziehen, doch jetzt hält sich Elvira an Blandines Hand fest.

»Was hat das Mädchen denn, Cavaliere?«, fragt Blandine und merkt, dass er ihrem Blick ausweicht.

»Ich muss in ein paar Tagen verreisen«, sagt er zögernd. »Das Kind wollte mich noch einmal sehen, aber natürlich ist es wenig opportun, hier im Hotel aufzutauchen.« Schnell geht er zur Tür und schließt sie, dann geht er zurück zu dem Kind und kniet sich vor ihm hin. Seine Worte, die sie nicht versteht, scheinen eine beruhigende Wirkung zu haben. Blandine sieht, dass Ragusa der Schweiß auf der Stirn steht, er hat rote Flecken im Gesicht. Jetzt nimmt er das Kind in den Arm und drückt es kurz an sich, dann steht er auf und räuspert sich.

»Fräulein Blandine, tun Sie mir einen Gefallen? Das Mädchen muss Elvira zurück zum Konvent bringen, vielleicht begleiten Sie sie aus dem Hotel ein paar Schritte in die Via Stabile? Es wäre nett, wenn Sie noch eine Weile hier warten, das Mädchen holt Sie dann ab.« Die Flecken sind immer noch da, er wartet keine Antwort ab, nickt der Kleinen noch einmal zu und geht dann schnell aus dem Raum. Blandine steht ratlos da, sie fühlt so etwas wie Wut in sich aufsteigen, und ihr tut die Kleine leid, die langsam durch den Raum wandert und gebannt vor dem Frisiertisch stehen bleibt. Blandine zeigt ihr die Haarbürste mit dem Griff aus Elfenbein, silberne Hutnadeln, eine Perlenkette und ein goldenes Armband mit einem kleinen Rubin, über das Elvira vorsichtig streicht. Blandine weiß nicht, wie viel Zeit vergangen ist, als es an der Tür klopft und das Dienstmädchen aufgeregt mit Zeichen zu verstehen gibt, ihr zu folgen. Blandine nimmt ihr Cape, fasst Elvira an der Hand und will mit ihr aus dem Zimmer gehen, aber das Mädchen hält sie plötzlich stumm zurück und schließt noch einmal die Tür. Als sie kurz darauf in den Gang treten, sieht Blandine am anderen Ende die Marchesa in den Garten gehen, und das Dienstmädchen zieht sie schnell auf die Straße. Elvira hat sich beruhigt, sie folgt Blandine, ohne sich noch einmal umzusehen, und als sich Blandine am Ende der Straße verabschiedet, macht sie einen artigen Knicks und sagt »*Merci beaucoup*«. Dann lässt sie sich von dem Dienstmädchen anstandslos wegführen.

Blandine sieht ihr lange nach und ist froh, dass sie am nächsten Tag das Hotel verlassen.

8

San Biagio

3. Februar 1882

An ihrem ersten Abend in der neu bezogenen Villa ai Porazzi sitzen sie nach dem Essen fröstelnd in dem größeren der beiden Salons. Weil Fidi über Kopfschmerzen geklagt hat und seine Stirn glühte, hat die Mutter ihn früh zu Bett geschickt und springt dauernd auf, um nach ihm zu sehen. Außerdem ist Papa inzwischen unsicher, ob der Auszug aus dem Hotel richtig war – man hätte noch einmal mit Ragusa reden oder ein anderes Hotel suchen sollen, das Trinacria vielleicht –, und redet von Abreise. Mama hat am Nachmittag mit Graf Tasca besprochen, dass Öfen in die Villa gebracht werden müssen, weil es sonst zu kalt ist, und dass die beiden bewaffneten Männer abgezogen werden sollen – Antonio hat eine Flinte, das reicht. Daniela, Mama und sie sind in den vergangenen Tagen viel unterwegs gewesen, haben Besorgungen gemacht und Handwerker bestellt, um die Villa ai Porazzi einzurichten, und trotzdem haben sie das Gefühl, dass vieles fehlt und es weder wohnlich noch behaglich ist. Rubinstein hat sich vor dem Abendessen verabschiedet, und jetzt liest Papa ihnen aus *Väter und Söhne* von Turgenew vor.

Es kommt eine Zeit für die jungen Frauen, wo sie plötzlich anfangen, sich zu entfalten und aufzublühen wie die Sommerrosen: Diese Zeit war für Fenitschka gekommen. Alles trug dazu bei, selbst die Hitze des Juli, der eben begonnen hatte ...

Blandines Gedanken wandern, sie kann sich nicht konzentrieren, obwohl Papas Stimme ausdrucksvoll ist und sie ihm gern zuhört. Sie denkt an die Soirée bei Graf Tasca am Abend vor ihrem Umzug. Papa hatte zugesagt, aber dann passte es ihm doch nicht – Mama musste darauf bestehen, der Graf und die Gräfin haben ihre neue Bleibe gefunden und unterstützen sie, wo sie können. Außerdem sollte Tina nun endlich für Papa singen – offensichtlich hatte Madame Scalia der Gräfin Tasca keine Ruhe gelassen, bis diese das gewünschte Konzert arrangierte. Es kam zu Diskussionen und Streit, und am Abend fuhren Papa, Mama, Daniela, Isolde und sie schweigend in die Villa Tasca. Blandine saß in der Kutsche und fürchtete sich vor dem Abend, je länger sie Papas verschlossenes Gesicht betrachtete. Er war in keiner guten Stimmung, und sie wusste, wie schwer er gesellschaftliche Zusammenkünfte in dieser Verfassung ertrug.

Tina und Madame Scalia begrüßten sie überschwänglich, Madame Scalia umarmte auch Daniela herzlich, sie freute sich sichtlich, Blandines ältere Schwester kennenzulernen, von der sie so viel gehört hatte. Beim Diner saß Tina neben Blandine, und anfangs fand Blandine kein Gesprächsthema und spürte Tinas Befangenheit, die wegen des bevorstehenden Auftritts nervös war. Ihre schmalen, langen Hände zitterten leicht, und sie fuhr sich immer wieder durch die kunstvoll aufgesteckten Haare, bis ihre Mutter ihr von der anderen Tischseite ein Zeichen gab, das zu unterlassen. Kleine Strähnen ihres blonden Haars hatten sich da bereits gelöst, und obwohl es in der Villa nicht besonders warm war, sah Blandine, dass Tina erhitzt war. Sie hatten sich nur wenige Wochen nicht gesehen, aber die alte Vertrautheit war nicht gleich da. Obwohl nichts zwischen ihnen stand, fühlte sich Blandine auf merkwürdige Art befangen. Dann wurde ein Zwischengang serviert, der Blandine unbekannt war – kleine Artischocken, bedeckt von einer dunklen Sauce. Als sie den ersten Bissen in den Mund schob, musste sie sich beherrschen, um ihn nicht auszuspucken, sie verschluckte sich, hustete und wurde rot. Es schmeckte bitter und leicht süßlich, vermischt mit einem unerträglichen Fischgeschmack, und mit Mühe würgte sie die Artischocke hinunter. Papa rührte zum Glück auch diesen Gang nicht an, und Mama, die stoisch kleine Bissen der sonderbaren Kreation in den Mund schob, warf ihr über den Tisch böse Blicke zu.

»San-Bernardo-Sauce ist wirklich nur etwas für geborene Sizilianer, selbst ich kann das nicht essen«, sagte Tina leise kichernd zu ihr.

»Was um Himmels willen ist da drin?«, fragte Blandine hinter vorgehaltener Hand, und die Freundin erklärte ihr, dass es eine Mischung aus gehackten Sardellen und Schokolade sei, ein kulinarisches Wagnis, wie man es häufig hier finde, wo so viele Eroberer ihre Spuren hinterlassen hätten – auch in der Küche.

Die alte Vertrautheit war wiederhergestellt, und Tina

flüsterte ihr verschwörerisch zu, dass sie den Engländer mit den Hunden wiedergesehen hatte, mehrmals sogar.

»Welchen Engländer?«, fragte Blandine, und Tina erinnerte sie an den jungen Mann, der sie beim Picknick in Mondello gestört hatte. Also war Tinas Gleichgültigkeit doch nicht ganz echt gewesen: Jetzt fiel Blandine wieder ein, dass Tina ihr wie nebenbei von dieser Begegnung erzählt hatte.

Joseph Whitaker war immer dort aufgetaucht, wo Tina ausfuhr oder ins Café ging, hatte aber jedes Mal nur den Hut gehoben und respektvoll gegrüßt. Und gestern hatte er anfragen lassen, ob er mit Mademoiselle Caterina korrespondieren dürfe.

»Mama hat zugestimmt, allerdings will sie die Briefe lesen, bevor ich sie bekomme!«, erzählte Tina aufgeregt. »Seine Hunde mögen sonst keine fremden Menschen, die bellen und knurren nur, hat er im ersten Brief geschrieben. Und seine Hunde hätten einen untrüglichen Instinkt, wenn sie mir folgten und mir die Hand leckten, dann hieße das, ich sei eine außergewöhnliche Person. Das hat er gestern geschrieben, stell dir vor!« Sie kicherte. »Hast du schon einmal ein solches Kompliment bekommen?«

Dann wechselte Tina das Thema und erzählte ihr, was sie singen würde und wie schlecht Madame Sophie sie vorbereitet hatte, aber Blandines Gedanken schweiften ab. Sie dachte daran, dass Biagio Gravina nicht versuchte, sie wiederzusehen, obwohl es ein Leichtes wäre. Die ganze Stadt wusste, dass sie im Des Palmes residiert hatten. Und jetzt wusste die ganze Stadt, dass sie umgezogen waren und auch wohin. Es wurde ja überall darüber diskutiert, ob der Maestro und seine Familie sicher waren in der Villa ai Porazzi ... Als sie hörte, wie Tina »nicht wahr?« sagte und nicht wusste, was sie gefragt hatte, verscheuchte sie den Gedanken an Gravina.

Sie schaute zu Papa hinüber, der sich in kein Gespräch verwickeln ließ, wenig aß, sich aber immer wieder Champagner nachschenken ließ. Sosehr sich die Gräfin Tasca, seine Tischnachbarin, auch bemühte, er beantwortete ihre Fragen höchstens einsilbig oder gar nicht. Er sei nicht aufgelegt zu französischer Konversation, hatte er bereits in der Kutsche gesagt, und sie hörte, wie er immer wieder »*Pardon, comment?*« fragte, bis die Gräfin aufgab.

Als sie sich im Salon versammelt hatten und Tina vor die kleine Gesellschaft trat, war auch Madame Scalia nervös: Sie saß ganz in Blandines Nähe in einem kleinen mit rotem Samt bezogenen Sessel und knetete ein weißes Spitzentaschentuch in den Händen, während sie immer wieder zu Papa schaute, der neben Mama auf dem Sofa Platz genommen hatte und keine Miene verzog.

Tina sang »Mignonne« und »Dors mon enfant«, und Blandine konnte hören, dass ihre schöne Stimme gepresst klang. Auch sie hatte ängstlich den Vater angeschaut, der nach Ende der Darbietung in den Applaus einstimmte und dann, für alle überraschend, Tina einige Ratschläge gab. Blandine hatte erleichtert aufgeatmet, Tina hatte noch einmal gesungen und Papa sie hinterher freundlich gelobt. Sie hatte auch Mama die Erleichterung über diese Reaktion angesehen. Die Gräfin Tasca hatte aufgeregt geklatscht, war Tina um den Hals gefallen und hatte danach Papa bedrängt, ihnen etwas vorzuspielen. Das Klavier sei gerade heute Morgen gestimmt worden, ob der Maestro nicht wenigstens fünf Minuten spielen wolle? Es wäre ihr die allergrößte Ehre! Mama war nervös aufgesprungen, sie gab der Gräfin Zeichen, von Papa abzulassen, aber die bemerkte sie gar nicht. Und Papa hatte erstaunlich freundlich genickt.

»Liebe Gräfin, das mache ich gern!« Er war zum Klavier gegangen und hatte Elsas Brautzug aus dem *Lohengrin* gespielt. Als die ersten Noten erklangen, hatte Blandine aufgeatmet. Wie Glockengeläut schwebten die Töne durch den Raum. Papa war nicht allzu verärgert, wenn er den Brautzug spielte, wenn er überhaupt spielte. Sie sah, dass die Musik ihre Wirkung nicht verfehlte, dass sie die Gesellschaft in ihren Bann schlug. Einige Damen schlossen die Augen, und auch sie selbst wurde fortgetragen von der Musik, die ihr vertraut war und lieb und die etwas in ihr anrührte.

Danach herrschte einen Augenblick lang Stille, bevor der Applaus einsetzte. Und Papa hatte sich lächelnd verbeugt, bevor er in ein missmutiges Schweigen versank. Die kleine Gesellschaft hatte sich bald danach aufgelöst, sosehr die Gräfin Tasca sich auch bemühte, Konversation zu betreiben.

Und obwohl Papa recht freundlich auf Tinas Gesang reagiert hatte, hatte sie beim Abschied den Eindruck, als seien Madame Scalia und Tina reserviert. Vage sprach man von einem Besuch in der Villa ai Porazzi. Es war ja auch eine ziemlich weite Reise von der Piazza Marina nach Mezzomonreale, und Madame Scalia bedauerte, dass die Wagners nun so weit weg logierten, aber Blandine spürte, dass es Höflichkeitsfloskeln waren, mit denen sich Mutter und Tochter verabschiedeten. Es wird keine Ausfahrten an die Marina und in die von

Madame Scalia geliebten Cafés mehr geben, denkt sie jetzt, während sie fröstelnd auf dem harten Sofa sitzt und versucht, sich wieder auf Turgenew zu konzentrieren.

In ihrem leichten und weißen Kleide erschien sie selber noch weißer und leichter: die Sonne verbrannte sie nicht, und die Hitze, vor der man sich unmöglich bergen konnte, färbte ihre Wangen und Ohren mit zartem Rot, verbreitete über ihr ganzes Wesen eine süße Mattigkeit und verlieh, indem sie ihren schönen Augen das Schmachten des Halbschlummers gab, ihren Blicken eine unwillkürliche Zärtlichkeit ...

Eva und Isolde beginnen zu kichern und reißen Blandine aus ihren Gedanken. Papa schimpft, was für eine Mühe, vor all den Weibsbildern zu lesen, dauernd muss er etwas auslassen. Mama schaut auf die Uhr auf dem Kaminsims, es ist spät, sagt sie, und der Tag war anstrengend. Papa klappt erleichtert das Buch zu, und sie gehen schnell ins Bett.

Blandines und Danielas Schlafzimmer ist kleiner als das im Hotel des Palmes. Noch liegen keine Teppiche auf dem Steinboden, die Gardinen kommen erst morgen, aber dunkelgrüne, schwere Fensterläden sind von außen vor das Fenster geklappt – zur Sicherheit, wie Graf Tasca ihnen eingeschärft hat –, sodass es fast vollkommen dunkel ist. Das Bettlaken und das Kopfkissen fühlen sich nicht nur klamm, sondern richtiggehend feucht an, und obwohl sie über das Nachthemd ein Bettjäckchen aus Wolle gezogen hat, friert sie. Das kleine Zimmer erscheint ihr eng, mit einem Schrank, dem Bett und einem kleinen Toilettentisch ist es fast vollkommen ausgefüllt. Als sie vor ein paar Stunden in der diesigen Dämmerung in den Garten schaute, lag der Süden plötzlich grau und gleichgültig vor ihr, und sie vermisste das Weiß und Schwarz des nordischen Winters, die Ruhe, die von der schlafenden, schneebedeckten Natur ausgeht.

Wieder muss sie an Tina und den Engländer mit den Hunden denken. Was würde sie machen, wenn sie einen Brief erhielte? Gesetzt den Fall, die Dienstmädchen würden ihn ihr überhaupt aushändigen und nicht gleich der Mutter geben. Würde sie das Geheimnis für sich behalten? Den Brief Daniela zeigen? Oder ihrer Mutter?

Sie dreht sich vorsichtig um, sie will Daniela nicht wecken, und versucht, den Gedanken an Biagio Gravina abzuschütteln. Obwohl ihr das neue Zuhause nicht gefällt, war sie heute Morgen froh, das Hotel des Palmes zu verlassen.

Als sie in der Kutsche saßen und das Hotel hinter ihnen immer kleiner wurde, hatte Blandine aufgeatmet. Enrico Ragusa hatte sie formvollendet auf der Treppe verabschiedet, Papa hatte versöhnliche Töne angeschlagen, und man hatte sich freundlich die Hand geschüttelt. Sie hatte ihn auf der Treppe stehen sehen, auch er wurde immer kleiner, ein Strich nur noch und schließlich nicht mehr vom Grau des Steins, der Straße und des Himmels zu unterscheiden. Mit diesem Bild vor Augen – das eintönige, schmutziggelbe Grau des Südens – schläft sie ein.

Am nächsten Morgen beim Frühstück ist die Stimmung immer noch gedrückt. Fidi geht es schlechter, das Fieber ist über Nacht gestiegen, und Mama schickt nach Dr. Berlin, dem deutschen Arzt. Papa ist nach einem Brustkrampf am Morgen kaum ansprechbar. Als Eva ihren Kaffeelöffel fallen lässt, bricht es aus ihm heraus:

»Ruhe! Dieser Lärm nach einer solchen Nacht – kann ich nicht einmal in Ruhe frühstücken!«

Eva kommen die Tränen, und Mama versucht zu beschwichtigen: »Es ist viel stiller hier als in dem lauten Hotel mit den ewig lärmenden Gästen ...«

»Besser lärmende Gäste als diese viel zu harten Matratzen in Räumen, die wir nicht heizen können. Feucht war die Bettdecke und das Kopfkissen auch! Wie soll es hier warm werden? Fidi ist bereits krank, er holt sich noch den Tod! Weshalb sind wir nicht geblieben, wo wir waren, oder sind abgereist? Wieso lassen wir uns von diesem Grafen in eine Einöde schicken? Was sollen wir hier? Tapezierer, Polsterer, Klavierstimmer – die schreiben vor allem große Rechnungen, und schön wird es hier nicht! Das ist ein Sommersitz, kein Haus für den Winter! Was für ein Irrsinn!«

Mama will offensichtlich etwas sagen, beißt sich aber auf die Zunge, als sie sieht, dass Papa schweigend seinen Kaffee trinkt und der Ausbruch vorbei ist. Alle schweigen beklommen, Eva kämpft immer noch mit den Tränen, bis der seltsame Antonio mit einem Tablett voller Gebäck in den Raum kommt. Da Fidi schläft, versteht keiner seine Erklärung, Blandine kann nur das Wort »Brasio« ausmachen. Antonio wiederholt seine Worte immer wieder, bis das Mädchen ihm das Tablett abnimmt und ihn aus dem Zimmer schiebt.

Dann steht Papa plötzlich wortlos auf und lässt den Kutscher anspannen.

»Ich fahre in die Stadt und suche Teppiche aus. Egal welche, Hauptsache, sie liefern sofort. Noch eine Nacht ohne Teppiche ist nicht auszuhalten, wie in einem Kloster sieht es aus, diese schreckliche Kälte, die aus dem Steinboden kommt, ist unerträglich. Sie kriecht in die Knochen – ich spüre den Rheumatismus schon. Was haben wir uns da bloß angetan?«

Nachdem er die Villa verlassen hat, sinkt Mama erschöpft auf eins der Sofas im Salon – die neuen Kissen sind auch noch nicht geliefert worden, sagt sie resigniert. Blandine klingelt nach dem Mädchen, sie soll aus der Küche einen Tee holen, Mama muss sich ausruhen, sie hat die ganze Nacht an Fidis Bett gewacht und zwischendurch nach Papa gesehen. Aber nach fünf Minuten springt die Mutter auf, sie will die Zeit von Papas Abwesenheit nutzen, außerdem sollen noch am Vormittag die Öfen geliefert werden, und der Klavierstimmer wollte auch noch kommen. Blandine übernimmt die Wache an Fidis Bett, der Junge ist in einen unruhigen Fieberschlaf gefallen, er wirft sich hin und her, und seine Bettlaken fühlen sich nass an.

Als die Gräfin Tasca kommt, um gemeinsam mit Mama die Montage der Öfen zu überwachen, fällt ihr Blick auf das Tablett mit den Brötchen, die Antonio ihnen gebracht hat.

»Ach ja, heute ist der Tag des heiligen Biagio«, sagt sie. Blandine, die aus Fidis Zimmer dazugetreten ist, wird rot.

»Antonio ist damit angekommen und hat etwas von Brasio gesagt.«

»Brasio ist sizilianisch, er meint Biagio. Er ist der Schutzheilige des Halses, deshalb bäckt man an seinem Ehrentag

Brötchen in der Form eines Halses. Das Volk hier kann weder lesen noch schreiben, es braucht Anschauungsmaterial – am besten essbares. Stellen Sie sich vor, auf unseren Ländereien in der Nähe von Catania wird dieses Gebäck viel kleiner und schmaler gebacken, und manche Frau trägt es ein paar Tage lang an einer Schnur um den Hals. Was für ein Aberglauben!« Sie schüttelt den Kopf. Blandine ist in Gedanken wieder bei Biagio Gravina. Sie hat weder den Namen vorher gekannt noch je etwas von dem Heiligen gehört. Aber sie ist protestantisch, und die Flut der Heiligen, die hier auf Sizilien mit merkwürdigen Traditionen und Ritualen verehrt werden, sind ihr Ausgeburt der katholischen Phantasie.

Als später die Wolken aufreißen und die Sonne sich an einem blassblauen Himmel zeigt, will Blandine das dunkle Haus wenigstens für eine Weile verlassen. Die Mutter wartet auf Dr. Berlin, Fidi schläft, und Papa sitzt mit Rubinstein am frisch gestimmten Klavier. Er ist besser gelaunt aus der Stadt zurückgekommen, man hat ihm versichert, dass die Teppiche, die er ausgesucht hat, noch heute geliefert werden.

»Geht spazieren, genießt die Sonne«, sagt die Mutter zu Daniela und ihr, »und besichtigt den Garten und die Zitronen- und Orangenhaine, *Conca d'oro* nennen die Sizilianer dieses Tal …«, sagt sie träumerisch, »die goldene Muschel …«

Der Park der Villa mündet in ausgedehnte Orangen- und Zitronenhaine, durch die man bis zur Villa Tasca spazieren kann. Blandine hakt die Schwester unter, auch sie ist froh, aus dem Haus zu kommen.

Seit sie in Palermo ist, scheint die Schwester etwas zu bedrücken, sie ist schweigsamer als sonst. Über den Aufenthalt bei Großpapa wird wenig gesprochen, Blandine weiß, dass Mama und Papa das nicht wünschen. Jetzt fragt sie noch einmal danach, nachdem Daniela nur Andeutungen gemacht hat oder von dem Österreicher mit der Hasenscharte erzählt hat, den die Fürstin für sie vorgesehen hatte. Und gegen ihre Gewohnheit lässt Blandine nicht locker, hier ganz allein zwischen den Zitronen- und Orangenbäumen will sie nun wissen, was vorgefallen ist.

»Habt ihr euch gestritten? Was hat Großpapa gesagt? Oder hat die Fürstin dir mitgeteilt, dass die Pläne für Budapest geändert werden müssen?«

Daniela seufzt. »Wenn ich das so genau wüsste. Großpapa hat seine Launen, mal zog er sich für ganze Tage zurück und sprach mit niemandem, dann nur mit der Fürstin. Dann wieder ließ er nach mir rufen und fuhr mit mir aus, war liebenswürdig und schmiedete Pläne.«

»Und die Fürstin?«

»Du kennst sie doch – bei jeder Gelegenheit hat sie mich kritisiert. Meine Garderobe sei nicht angemessen, das Rot zu hell, dieses Band oder jene Schleife unschicklich für ein junges Mädchen. Mein Lachen zu laut, meine Konversation nicht flüssig genug. Ich könne nicht ohne eigene Visitenkarten zu Einladungen gehen. Ohne Mama zu fragen, hat sie welche für mich bestellt und die Rechnung nach Palermo geschickt. Mama hat mir übelgenommen, dass ich sie nicht dazu befragt habe. Aber die Fürstin hat ja nicht einmal mich befragt.«

»Und das alles vor Großpapa?«

»Nein, immer nur, wenn wir allein waren. Aber sie wird ihm vieles eingegeben haben, wenn ich nicht dabei war. Ich weiß nicht, was genau vorgefallen ist, wirklich nicht. Und fragen konnte ich auch nicht mehr ...«

»Wer hat dir denn die Nachricht überbracht?«

»Großpapa selbst. Beim Frühstück sagte er plötzlich, es sei besser für mich, wieder zu meiner Familie zurückzukehren. Das Leben in seinem Haushalt in Budapest sei doch nicht ziemlich für mich, und er könne nicht immer Rücksicht auf die Anwesenheit einer jungen Dame nehmen.«

»Und was hat sie gesagt?«

»Nichts, sie hat geschwiegen, aber sie konnte sich ein zufriedenes Lächeln kaum verkneifen, das habe ich gesehen. Und als ich am Abend vor dem Essen am Salon vorbeigegangen bin, habe ich eine Unterhaltung zwischen ihr und Großpapa gehört, da sagte sie aufgebracht, Mama solle nicht versuchen, die Ausgeburt ihres widernatürlichen Verhaltens auf ihn, Großpapa, abzuwälzen. Sie hat so schreckliche Sachen über Mama gesagt, dass ich schnell weitergegangen bin.«

Daniela kommen die Tränen, und Blandine drückt ihren Arm fester.

»Umso besser – jetzt bist du hier, und wir sind wieder zusammen!« Sie gibt der Schwester einen Kuss. »Schau mal, wo sind wir eigentlich? Wir müssen uns verlaufen haben!«

Was ein Weg ist, lässt sich zwischen den gerade gezogenen Reihen der Zitronen- und Orangenbäume kaum ausmachen, sie sind einmal nach rechts gegangen, weil an einem Baum besonders große Früchte hingen. Dann haben sie in der Ferne einen gesehen, an dem verschiedene Sorten zu hängen schienen, Zedernfrüchte und kleine Zitronen. Daniela glaubt das nicht und zieht sie hinter sich her – es müssen zwei verschiedene

Bäume sein, die ineinander gewachsen sind. Bei dem Baum angekommen, stellen sie fest, dass es weder eine optische Täuschung noch zwei ineinander gewachsene Bäume sind. Danielas Bedrücktheit ist auf einmal verflogen. Blandine bewundert immer, wie schnell die Schwester trübe Stimmungen abschütteln kann, wenn sie einmal darüber gesprochen hat, was sie belastet. Manchmal glaubt Blandine, dass sie die Last einfach weitergibt, weil sie selbst noch lange über den Großvater, die Fürstin und das belauschte Gespräch nachdenkt. Ausgeburt eines widernatürlichen Verhaltens? Sie schaudert.

Jetzt fasst die Schwester sie bei der Hand und zieht sie weiter, sie glaubt, einen Orangenbaum gesehen zu haben, an dem auch Zitronen hängen, aber das erweist sich wirklich als Täuschung. Der Himmel ist blau, die Sonne scheint, und das schlechte Wetter der vergangenen Tage kommt ihr unwirklich vor. Jetzt schaut sie sich um, sie kann weder die Villa ai Porazzi noch die Villa der Tascas sehen.

»Hätten wir nicht längst bei der Villa Tasca ankommen müssen?«, fragt Blandine die Schwester.

»Eigentlich ja. Lass uns einfach umkehren, zurück finden wir auf jeden Fall.«

Was sich als Irrtum erweist. Sie haben den Weg längst verloren und laufen zwischen den Bäumen mal in diese und mal in jene Richtung.

»Jetzt müsste unsere Villa zu sehen sein, wir sind doch geradewegs zurückgegangen?«, sagt Daniela, und Blandine hört, dass sie sich Mühe gibt, ihre Stimme überzeugt klingen zu lassen. Als es hinter den Bäumen raschelt, zucken die Schwestern zusammen, dann sehen sie einen Vogel aufsteigen.

»Das Gerede von den Banditen ist bloß eine Wichtigtuerei des Fürsten Tasca«, sagt Daniela, »was wollen Banditen hier? Zitronen klauen?« Sie lacht, aber ihr Lachen klingt dünn. Unvermittelt bleibt sie stehen.

»Biagio ...«, sagt sie, »der Heilige, der den Hals schützt – hieß so nicht auch dein Graf?«

Blandine nickt.

»Lass uns die Gräfin Tasca nach ihm fragen. Die muss ihn doch kennen.«

»Und wenn?« Blandine schüttelt den Kopf und geht in die Richtung, in der sie die Villa vermuten, weiter.

»Tu nicht so gleichgültig. Ich kenne dich.«

Daniela verstellt ihr den Weg und schaut sie herausfordernd an.

»Du täuschst dich. Und wenn niemand von ihm spricht, wenn die Gräfin Mazzarini mit Mama nicht über ihn gesprochen hat nach dem Ball, ist er wahrscheinlich eh keine gute Gesellschaft. Ich hätte ihm gar nicht auf die Terrasse folgen sollen. So ...«, sie schiebt die Schwester beiseite, »jetzt müssen wir wirklich zurück, man wird sich um uns sorgen.« Sie sieht, wie Daniela den Kopf schüttelt, ihr aber schweigend folgt. Sie will nicht mehr über Biagio Gravina sprechen oder über ihn nachdenken. Es ist verschwendete Zeit. Sobald die Villa eingerichtet ist und es Fidi besser geht, will Mama sich um ihre Garderobe kümmern: Ende des Monats wird zum Karneval geladen, und die Gräfin Mazzarini hat ihnen mit leuchtenden Augen erzählt, dass das die prächtigsten Bälle des Jahres sind. Sie wird mit Daniela hingehen, Mama wird mitkommen. Dann will sie sich einfach nur amüsieren, sie will tanzen, mehr nicht. So wie Tina. Mit gesenktem Kopf läuft sie weiter und beachtet die Schwester nicht, die Mühe hat, mit ihr Schritt zu halten. So tief ist sie in ihre Gedanken versunken, dass sie vor Schreck beinahe stolpert, als Graf Tasca mit einem seiner Leute zu Pferd auftaucht und ihnen aufgeregt zuwinkt.

»Mademoiselle Daniela, Mademoiselle Blandine, zum Glück habe ich Sie gefunden!«

9
L'Elisir d'amore

Februar 1881

Die Kutsche holpert über die schlecht erleuchtete Straße, die schmalen Fensterscheiben in den Türen klappern im Wind, und Madame Scalia zieht Tina fürsorglich den Mantel enger um die Schultern.

»Eiskalt wie im Norden! Nein, schlimmer – es ist feucht, und dann dieser Wind! Schatz, du darfst dich jetzt nicht erkälten, eine Bronchitis wäre Gift für deine Stimme!«

Ihre Mutter ist offensichtlich aufgebracht: Sie kritisiert Sizilien und Palermo sonst nie und findet selbst am Unrat auf der Straße noch eine positive Seite – wenn sie ihn nicht schlichtweg übersieht. Jetzt nestelt sie nervös an den Knöpfen von Tinas Mantel, die ihre Hand wegschiebt.

»Mama! Was hast du erwartet? Die ganze Stadt redet darüber, wie unhöflich Wagner ist und wie er das gesamte Hotel mit seinen Launen tyrannisiert. Dazu ist er an die besten Stimmen gewöhnt. Es war eine Freundlichkeit von ihm, mich überhaupt anzuhören. Und das hat er uns spüren lassen. Na und?«

»Maestro hin, Maestro her – er ist nicht der einzige Künstler auf der Welt. Man kann trotzdem höflich bleiben. Hast du gesehen, wie er sich bei Tisch benommen hat? Er hat kein Wort mit der Gräfin Tasca gesprochen, hat schweigend die Suppe gelöffelt und das Fleisch nicht angerührt. Dann stopft er ein Beignet nach dem anderen in sich hinein, unmöglich! Ein Abend zu seinen Ehren – und er gibt zu verstehen, dass er am liebsten nicht gekommen wäre? Trinkt drei Gläser Champagner und fragt dann nach einem Bier! Verschmäht den Wein, auf den Graf Tasca so stolz ist! Den besten Jahrgang hat er aus seinem Keller holen lassen!«

Sie macht eine Pause und sucht nach ihrem Taschentuch. »Keine Miene hat er verzogen, als du gesungen hast!« Tina sieht, dass ihr Tränen in den Augen stehen.

»Mama, er war doch freundlich, hat meine Stimme gelobt, die Modulation, wie sagte er? Meine Empfindsamkeit ...«

»Drei Sätze, mehr nicht! Ein paar halbherzige Ratschläge – eine andere Betonung hier, eine Pause da! Dann solltest du noch einmal singen, und danach hat er nur genickt, verhalten applaudiert und sich bedankt! Das war alles!« Madame Scalia putzt sich die Nase. Ihre Hände zittern.

Jetzt wird Tina ungeduldig. Ihre Mutter hat große Hoffnung in diese Begegnung gesetzt, obwohl sowohl der Vater als auch sie vorher immer wieder gewarnt haben. Noch kurz vor der Abfahrt hat der Vater sie ermahnt, nicht enttäuscht zu sein, wenn der Maestro anders als erwartet reagiert. Madame Scalia hat ihn energisch beiseitegeschoben und nach dem Kutscher gerufen.

»Mama, was hast du denn gedacht? Dass er mich nach Bayreuth holt? Meine Stimme ist hübsch, aber ich habe seit anderthalb Jahren keinen richtigen Unterricht mehr genommen. Adelina Patti hat in meinem Alter bereits auf allen italienischen Bühnen gestanden – jeden Abend. Und wenn ich das könnte – würde ich das überhaupt wollen? Ist das das Leben, das du dir für mich vorstellst?« Es ist aus ihr herausgebrochen, sie ist gereizt, denn auch sie hat sich über den Maestro geärgert, sein herablassendes Lob, mehr noch aber über die Sorge in den Augen seiner Frau und die Angst in Blandines, die Wagner unausgesetzt beobachtet haben, um jede seiner Regungen zu erspüren, mehr noch: vorab zu erahnen, um ihr entgegenzuwirken, sie zu überspielen oder abzumildern.

Blandine tut ihr leid, gleichzeitig reizt sie diese Angst. Hat sie sich über Wagners Reaktion geärgert? Natürlich ist Wagner ein ungehobelter Klotz, ein deutscher Schrat. Aber seine Reaktion zeigt einmal mehr, was sie eigentlich schon weiß: Sie hat nicht das Zeug für eine Karriere als Sängerin. Und sie weiß nicht einmal mehr, ob sie das bedauert.

»Tina, ob ich das will oder ob du das willst, ist eine andere Frage, die es irgendwann zu entscheiden gilt. Aber du *kannst* es, hast die Begabung, das Gefühl und die Disziplin, darum geht es. Und das hat der Maestro nicht erkannt, wollte es nicht erkennen!« Jetzt wischt sie sich über die Augen und lehnt sich erschöpft in den Sitz zurück. Tina nimmt ihre Hand.

»Ach komm, Mama. Schau, wie schön der Brunnen angeleuchtet ist!« Tina zeigt hinaus auf den Brunnen auf der Piazza Pretoria, an der sie gerade vorbeifahren. Die marmornen Figuren – Götter und Helden einer anderen Zeit – sind in ein warmes, gelbes Licht getaucht, gleichgültig blicken sie auf die leeren Straßen. Es hat angefangen zu regnen, die Straße glänzt schwarz im Schein der Laternen. Jetzt fahren sie an den Quattro Canti vorbei den Cassaro hinunter in Richtung Meer. Sie hat das Gefühl, der Wind wird immer stärker und die Kutsche wird regelrecht geschüttelt. Draußen auf dem Kutschbock flucht der Kutscher, dem der Regen ins Gesicht peitscht. Ihre Mutter schweigt.

»In ein paar Wochen lachen wir darüber, ja? Mir ist es egal, glaub mir. Der ganze Abend war peinlich, und leidgetan haben mir vor allem die arme Gräfin Tasca und natürlich Wagners Frau und die Töchter, denen das unangenehm gewesen sein muss. Blandine hat kaum ein Wort gesagt, und die ältere Schwester Daniela hat viel zu viel geredet und zu laut gelacht. Und dann diese Tischmanieren! Hast du gesehen, wie ihm die Vanillecreme am Mundwinkel geklebt hat? Wie er das Beignet mit der Dessertgabel traktiert hat?«

Die Mutter muss wider Willen lächeln, wird aber sofort wieder ernst.

»Er mag ein Genie sein. Aber glücklich ist diese Familie nicht, das sieht jeder. Weißt du, was mir zugetragen wurde?«, fragt sie triumphierend.

»Ach Mama, immer dieses Geschwätz«, will Tina sie bremsen, aber ihre Mutter unterbricht sie.

»Hans von Bülow, der Vater der älteren beiden Mädchen, war einmal ein enger Freund von Wagner. Und ein Schüler von Donna Cosimas Vater, Franz Liszt. Kannst du dir das vorstellen? Und es hat Jahre gedauert, bis der Maestro und Donna Cosima den Ehemann und Freund über ihre Verbindung in Kenntnis gesetzt haben. Das schrieb mir eine Freundin aus London, die mit einer bayrischen Gräfin bekannt ist.

Was sind das bloß für Menschen?« Empört schüttelt die Mutter den Kopf.

Als sie die Piazza Marina erreichen und aus der Kutsche steigen, schlingt Tina ihrer Mutter die Arme um die Taille und drückt sie fest an sich, sodass sie beinahe stolpert.

»Ich hab dich lieb, Mama«, flüstert Tina. »Alles andere wird sich zeigen.«

Später sitzt Tina in ihrem Schlafzimmer am Frisiertisch und schaut gedankenverloren in den kleinen Spiegel. Sie kann nicht schlafen, hat der Mutter aber gesagt, dass sie müde ist und nicht wie sonst noch einen Tee mit ihr trinkt, bevor sie zu Bett gehen. Wie alle Möbel in dem Haus, das ihre Mutter so schnell wie möglich verlassen will, ist der Frisiertisch alt, ein Stück ihrer Großmutter väterlicherseits. Der kleine Spiegel ist angelaufen und selbst unter größten Mühen nicht mehr klar zu kriegen. Sie sieht ihr Gesicht wie hinter einem Schleier. 22 Jahre ist sie alt, und ja, sie hat eine schöne Stimme, sie hat Erfolg, wenn sie auftritt, man lobt und ermutigt sie, in Neapel ein Impresario, in Florenz zwei berühmte Sänger, und sogar Paolo Tosti, den sie in England kennengelernt haben, hat ihr Komplimente gemacht. Aber Tina hat die Langeweile in Wagners Augen gesehen. Nein, Langeweile ist zu stark – es war eine Art Gleichgültigkeit, die sie mit ihrem Gesang nicht zerstreuen konnte. Sie hat ihn nicht erreicht, ihre Musik ist nicht zu ihm durchgedrungen. Er war unhöflich, ja, den ganzen Abend über – aber er hat recht. Sie singt gern, und sie tritt gern auf. Die nächste Adelina Patti wird sie nicht.

Als sie aufsteht, um nach dem Mädchen zu klingeln, merkt sie, dass kein Bedauern in ihr ist.

Später, als sie im Bett liegt, denkt sie noch einmal an die Angst in Blandines Augen. An Daniela, die ältere Schwester, von der Blandine ihr bei den gemeinsamen Ausflügen so viel erzählt hat. Ja, sicher die lebhaftere, aber wie nervös sie doch ist. Während Blandine immer versucht, sich im Hintergrund zu halten und nicht aufzufallen, so als hätte sie eigentlich gar kein Anrecht auf einen Platz, scheint die ältere Schwester alle auf sich aufmerksam machen zu wollen – vor allem den Stiefvater. Und dann war noch die jüngere dabei, Isolde, die hat sie schon einmal im Des Palmes beim Tee gesehen. Hübsch anzusehen, immer herausgeputzt mit Schleifen und Fichus, offensichtlich der Stolz der Mutter. Aber Tina findet sie eitel, ihr Lächeln, als die Gräfin Tasca ihr ein Kompliment gemacht hat, affektiert. Blandine ist mit Abstand die sympathischste, nur ein bisschen schüchtern und verschlossen, findet Tina. Hat ihr dieser Graf Gravina nun gefallen oder nicht?

Sie steht noch einmal auf, es ist kalt im Bett, sie sucht nach der Bettjacke und überlegt, ob sie das Mädchen nach einer Wärmflasche schicken soll. Es muss weit nach Mitternacht sein, und sie entscheidet sich dagegen, das Jäckchen reicht, sie muss nur an etwas anderes denken, diesen unseligen Abend vergessen, dann schläft sie auch ein. Als sie das Jäckchen zugeknöpft hat und sich wieder ins Bett legt, denkt sie an Joseph Whitaker und seinen letzten Brief, in dem er von seinen Hunden geschrieben hat und davon, dass er sich für Vögel interessiert, für seltene Vögel, und eine Reise nach Tunesien plant, wo es Spezies gibt, die in Europa vollkommen unbekannt sind. Er könne ihr alles über diese Vögel erzählen. Und er kenne sich in der Archäologie gut aus. Auch da könne er ihr vieles zeigen, unerhörte Funde gebe es hier auf Sizilien, ein wahres Paradies. Und dass seine Freunde ihn Pip nennen, was ihr hoffentlich gefalle. Pip. Sie sagt den Namen leise vor sich hin, bevor sie einschläft.

Am nächsten Morgen ist Madame Scalias Ärger verflogen. Beim Frühstück hört Tina ihr mit Staunen zu, wie sie dem Vater von einem erfolgreichen Abend erzählt – gleich zweimal habe Tina singen müssen, so begeistert sei der Maestro gewesen, der immer wieder »encore, encore« gerufen habe. Tina verschluckt sich am Tee, und ihre Mutter wechselt das Thema und jammert über das feuchtkalte Wetter und die Gefahr, sich zu erkälten. Ihr Vater sieht sie prüfend an, dann klopft es und das Mädchen bringt ein Billett – Joseph Whitaker. Tina erkennt das schwere cremefarbene Papier.

»Schon wieder?« Die Mutter seufzt und öffnet den Brief.

»Wieso nicht schon wieder?«, fragt ihr Vater. »Wenn schon, dann richtig, so haben es die Whitakers immer gehalten.«

»Eben eine Kaufmannsfamilie, immer geradezu …«

»My dear, was spricht dagegen? Schau sie dir doch an – die Filangeris, die Cutòs, von denen du so schwärmst, die vor sich hin dämmern in ihren Salons, die nichts tun und nichts wollen. Den Whitakers gehört die Welt von morgen. Oder jedenfalls das Sizilien von morgen.«

Ihr Vater steht auf und greift nach der Zeitung, die das Mädchen auf die Anrichte gelegt hat.

Tina schaut ihre Mutter erwartungsvoll an.

»Er wird morgen Abend mit seiner Schwester und seiner Tante im Theater sein – sicher wollen wir auch zur Premiere von Donizetti gehen, vermutet er.« Madame Scalia schaut auf. »Er schreibt … es wäre ihm eine Freude, dich an einem solchen Abend in seiner Nähe zu wissen.« Sie legt die Karte neben ihre Tasse und schaut Tina an. »Willst du hingehen, Schatz? Ist das nicht ein bisschen viel nach dem Abend gestern? Du musst dich ausruhen. Hast du heute Nacht überhaupt gut schlafen können?«

»Ich würde gern«, sagt Tina schnell. »Ich würde gern hingehen und nein, ich muss mich nicht ausruhen. Was spielen sie denn von Donizetti?« Ihre Wangen sind gerötet, sie spürt den prüfenden Blick der Mutter.

»*L'elisir d'amore*. Es wird viel über die Premiere gesprochen, die Stimmen sollen hervorragend sein.«

»Wie schön – eigentlich geht er doch selten ins Theater, das hat er in einem seiner Briefe geschrieben: Er geht lieber hinaus in die Natur, auf der Suche nach Vögeln und alten Ruinen …«, sagt Tina nachdenklich, mehr zu sich selbst.

»Noch will er dich beeindrucken«, sagt jetzt der Vater und legt die Zeitung weg. »Da geht man auch ins Theater. Wann kommt Mademoiselle Sophie?«

»Sie kommt nicht mehr, ich muss eine andere Lehrerin finden«, erklärt die Mutter kurz angebunden. Tina schaut sie überrascht an.

»Aber wieso?«

»Liebes, jedes Mal bist du nach der Stunde gereizt, und ich höre doch, dass sie dir nichts beibringen kann. Ich finde jemand anderen, in der Zwischenzeit übe nur dein Repertoire!«

Tina ist erleichtert. Von sich aus hätte sie die Mutter nie darum gebeten, Mademoiselle Sophie zu entlassen, aber nun ist sie heilfroh, sich die langweiligen Stunden zu ersparen. Sie ist nicht traurig darüber, dass sie sich nicht verabschieden musste.

»Aha«, sagt der Vater, »dann ist es also entschieden, dass Whitakers Werbung ernst genommen wird und die Karriere ...«

»Alfonso! Ich habe doch gesagt, ich suche jemand anderen!« Madame Scalia blitzt ihren Mann an, bevor sie Tina bei der Hand aus dem Zimmer zieht.

»Komm, Liebes, wir müssen schauen, was du morgen Abend anziehst. Eventuell müssen wir an dem grünen Kleid noch den Kragen ändern oder eine Schleife an den Rock setzen – oder vielleicht eine Schärpe? Ich lasse die Schneiderin kommen.«

Die Whitakers haben natürlich eine der schönsten Logen im Politeama, dem größten und neusten Theater der Stadt. Nach ihrer Rückkehr nach Palermo haben auch die Scalias dort Plätze im Parkett genommen, die Logen waren längst alle belegt. Man trifft sich nicht mehr im Bellini, dem ältesten Theater der Stadt, sondern im Politeama. Und wartet darauf, dass das Teatro Massimo gebaut wird, das zweitgrößte Opernhaus Europas. Bezahlt von Familien wie den Whitakers und den Florio, reiche Unternehmer, deren Lebensstil dem des Adels in nichts nachsteht – ganz im Gegenteil. Größer, immer größer, denkt Tina, obwohl sich Pip nicht einmal besonders für Musik interessiert. Sie hat das alte Teatro Bellini geliebt, es war, als wehten die Stimmen all der Sänger, die durch die Jahrhunderte hindurch dort aufgetreten sind, durch den kleinen Theatersaal. Aber natürlich treten jetzt die großen Sänger im Politeama auf. Und Palermo will Neapel und Mailand überholen, denkt Tina, als sie auf das Politeama zugehen, das imposant an der Piazza Ruggero Settimo steht.

»Pip« Whitaker wirkt im Theater fehl am Platz. Sie sieht ihn schon, als sie mit ihrer Mutter die große Eingangshalle betritt, er hat auf sie gewartet und begrüßt sie freudig. Er trägt einen eleganten Frack, dazu Zylinder und stützt sich auf einen Spazierstock aus Mahagoni, aber Tina spürt, dass das Theater kein Ort ist, an dem er sich wohlfühlt. Sie registriert das mit Bedauern, wird aber erfasst von dem Glücksgefühl, das sie jedes Mal überkommt, wenn sie einen Fuß in ein Theater setzt. Pip stellt ihnen seine Schwester und seine Tante vor, und Tina sieht an den Blicken ihrer Mutter, dass sie die Garderobe der beiden Frauen geschmacklos findet – zu viele Schleifen, überbordende Hüte, die Schwester in auffallend rotem Samt. Aber beide sind sehr freundlich, und die Tante verwickelt ihre Mutter schnell in ein Gespräch über die Sängerin des Abends. Pip nutzt die Gelegenheit, ein paar Worte mit ihr allein zu wechseln. Ihn umgibt ein holziger Tabakgeruch, der herber ist als der ihres Vaters, und er sucht nach Worten – in seinen Briefen ist er wesentlich eloquenter als im Gespräch. Nervös schaut er sich immer wieder nach seiner Tante und seiner Schwester um, während er ihr von Ausgrabungen in Westsizilien erzählt. Sie weiß nicht, was sie sagen soll, sie ist von der Theateratmosphäre erfasst, der Aufregung vor einer Premiere und kann sich nicht auf Ruinen auf einer kleinen Insel in der Lagune bei Marsala konzentrieren. Als es klingelt, ist sie froh, dass die Whitakers in ihre Loge verschwinden und sie zu ihrem Platz im Parkett gehen. Tina liebt Donizetti, sie spürt, wie ihr Herz schneller schlägt vor Aufregung, obwohl sie eigentlich *Lucia di Lammermoor* bevorzugt. Die Opera buffa interessiert sie weniger, sie liebt die großen Arien, die Tragik und das Leiden auf der Bühne, kann sich verlieren in den tiefen Gefühlen der Musik.

Als sie ihre Plätze eingenommen haben und sie die unzähligen Lichter und den dunkelroten Samtvorhang, der die Bühne verbirgt, bewundert, spürt sie Pips Blicke im Rücken. Die Loge ist schräg über ihnen, sie kann sich nicht umdrehen, hat aber den Eindruck, dass er sie anstarrt, und ihr Rücken beginnt zu brennen. Dann setzt die Musik ein, der Vorhang öffnet sich, und sie vergisst Pip Whitaker.

Tief atmet sie die Theaterluft ein, diese Mischung aus Holz, Staub, Parfüm und dem Gas der Lampen, sie freut sich an dem bunten Bühnenbild und den kostümierten Sängerinnen und Sängern: Das Gut von Adina, die reiche, schöne Besitzerin, deren heller Sopran ihr gefällt, der verzweifelte Nemorino, der sich in sie verliebt hat, die Bauern, die den Quacksalber Dulcamara und seine Heilmittel bestaunen. Die Musik nimmt sie gefangen, sie taucht ein in diese andere Welt und ist ganz benommen, als der Vorhang fällt und Pause ist. Sie begegnen den Whitakers auf dem Gang, und Pips Tante beginnt sie auszufragen, über ihren Gesangsunterricht in Neapel, ob sie London vermisse. Pip bietet ihr Petits Fours an und beantwortet alle Fragen der Mutter zu Fürst und Fürstin Trigona, die seit der Eröffnung des Theaters vor acht Jahren die Nachbarloge der Whitakers haben – und keinerlei Verständnis für Musik, sondern in der Loge Feste feiern und zum Diner bitten. Ihre Mutter echauffiert sich, und nun mischt sich Pips Tante ein, die der Mutter recht gibt und Pips Schwester an einen Abend erinnert, an dem in der Loge der Trigona so laut gelacht wurde, dass ein Sänger seine Arie unterbrochen hat. Pip nutzt die Empörung der drei Frauen, die sich immer weiter ereifern, um sich Tina zuzuwenden.

»Das hier ist nicht meine Welt, wenn ich ehrlich bin«, sagt er schüchtern und schaut zu Boden. »Aber vielleicht können Sie sich ja für meine interessieren. Die Hunde lieben Sie jedenfalls!«

Er wird wieder einmal rot unter seinem Backenbart, den Spazierstock dreht er nervös in der linken Hand. Tina gefällt seine Schüchternheit, sie will ihn etwas zu den Vögeln fragen, aber da kommt eine Freundin der Mutter auf sie zu und umarmt sie. Pip hebt resigniert die Schultern, und sie verdreht die Augen, bevor sie sich von der Gräfin wegziehen lässt, die sie unbedingt einer Freundin aus Paris vorstellen möchte. Und dann ist die Pause vorbei, und sie hat den viel zu süßen Geschmack der Petits Fours auf der Zunge, als sich der Vorhang wieder hebt.

Sie wird in den folgenden Jahren immer wieder einmal an diesen Abend denken, die Musik, die Lichter, die schwere Süße der Petits Fours und der Tabakgeruch, der sich mit der Theaterluft mischt, bilden eine Melange, die ihr lebhaft in Erinnerung bleibt. Vor allem aber wird sie sich an das Klopfen erinnern kurz vor Schluss. Als Adina und Nemorino ihr Duett »Prendi, per me sei libero« singen, hört sie hinter sich ein Tappen wie von einem Spazierstock auf dem Holzboden. Ist es Pip, der mit seinem Mahagonistock im falschen Takt auf den Boden hämmert? Sie wird ihn das nie fragen, sie spricht auch mit der Mutter nicht darüber, weder an dem Abend selbst oder danach, und sie weiß nicht, ob die Mutter es ignoriert oder nicht hört – oder ob sie sich am Ende alles nur einbildet. Als der Vorhang fällt und der Applaus hochbrandet, muss sie kichern – und auch in den Jahren danach lacht sie jedes Mal, wenn sie daran denkt.

Nach diesem Abend vergehen die Wochen wie im Flug – die großen Karnevalsbälle stehen bevor, und eine Freundin der Mutter kommt mit ihrer Tochter aus London zu Besuch. Die lebhafte Lily lässt Tina Blandine fast vergessen. Über die Wagners wird gesprochen, die Mutter erzählt überall stolz von Tinas Erfolg bei dem Maestro, und irgendwann glaubt Tina selbst, dass Wagner begeistert »encore, encore« gerufen hat.

Ein paar Briefe und auch eine Einladung zum Tee gehen nach Mezzomonreale in die Villa ai Porazzi, aber der Weg ist weit, das Wetter ist nicht gut, und Blandines Bruder ist ernsthaft erkrankt, sodass auch die Schwestern kaum das Haus verlassen. Madame Scalia sagt ein paar Mal, dass sie nach den Wagners schauen müssen und dass es unverantwortlich von der Gräfin Tasca gewesen ist, sie in einem Sommersitz unterzubringen, der auf das Leben im Winter nicht ausgerichtet ist, dazu weit weg von der Stadt.

»Diese armen Menschen haben keine Ahnung, was das heißt – Winter im Süden!«, sagt sie zu ihrer Freundin aus London, die sich nach zwei Tagen Regenwetter in Palermo prompt erkältet hat. »Sie hätten lieber das Hotel wechseln sollen ... Und natürlich hat die Gräfin nicht uneigennützig gehandelt – sie will den Maestro und Donna Cosima für sich allein haben. Wer soll sich auf den weiten Weg nach Mezzomonreale machen?«

Dann kommen neue Briefe von Pip Whitaker an, die Tina ausführlich mit ihrer Mutter und Lily bespricht, und die Ballgarderobe aus Paris ist endlich da, und alles andere wird unwichtig.

10
Vor dem Karneval

Anfang Februar 1882

»Eins, zwei, hopp, eins, zwei, hopp ...« Blandine konzentriert sich auf den Rhythmus ihrer Schritte, immer zwei, und dann will Elvira springen, und Enrico Ragusa und sie, die das Mädchen an den Händen halten, geben ihr Schwung.

Ragusa erzählt von einem Käfer, den er vor ein paar Tagen bei einer Exkursion gefunden hat, er beschreibt den grünlich schillernden Panzer und seltsam geformte Fühler und Zangen, während das Mädchen immer schneller und weiter hüpfen will, »eins, zwei, hopp, eins, zwei, hopp ...«

Die Via della Libertà liegt in ihrer ganzen Pracht breit und vollkommen leer vor ihnen, sie müssen keinen Kutschen, Menschen oder Pferden ausweichen, obwohl die Sonne hoch am Himmel steht, es also gegen Mittag sein muss. Kein Regen, kein Unwetter und keine Wolken, aber ein weißlicher Himmel. Alles ist in ein unwirklich helles Licht getaucht, das sie blendet und die Farben verschluckt. In der Ferne hört sie das Klappern einer Kutsche, doch als sie sich umdreht, sieht sie nur die lange Straße, die sich unendlich auszudehnen scheint: In dem hellen Licht kann sie weder die Piazza Ruggero Settimo noch die Porta Maqueda erkennen, nur die schnurgerade Straße. Auf einmal springt Elvira so hoch, dass ihre kleine Hand aus Blandines rutscht, ihr Arm rudert wild durch die Luft, und das Mädchen, das bislang keinen Ton gesagt hat, jauchzt laut auf. Blandine sieht jetzt, dass nicht Ragusa neben ihr hergeht, sondern Biagio Gravina, und sie wundert sich nicht darüber, dass er ihr von einem Käfer erzählt und das Mädchen Elvira fest an der Hand hält.

»Eins, zwei, hopp, eins, zwei, hopp ...« Beim nächsten Sprung lässt Elvira auch Gravinas Hand los, sie springt höher als die Wipfel der noch jungen Platanen, die die Straße säumen, und ist verschwunden. Das Geräusch der Kutsche hinter ihnen wird lauter, man kann das Trappeln der Hufe deutlich hören.

Blandine schreckt hoch, sie weiß nicht, wo sie ist, und ruft nach Elvira. Um sie herum ist es stockdunkel, sie hört Daniela schlaftrunken ihren Namen sagen. Sie braucht einen Moment, bevor sie sich orientiert hat: Sie liegt im Bett, es ist mitten in der Nacht. Antonio muss die Fensterläden von außen wieder mit seiner langen Flinte zugestoßen haben. Blandine hat versucht, ihm zu erklären, dass sie nicht einmal die Vorhänge ganz zuziehen, aber er versteht sie nicht und sie verstehen ihn nicht. Graf Tasca hat Anweisung gegeben, die Läden zu schließen: Also schließt er sie. Wenn sie schon keinen bewaffneten Schutz wollen, liegt die Verantwortung allein bei ihm. Jetzt klappern die Läden im Wind gegen die Fenster, Regen peitscht dagegen, und sie hört den Wind pfeifen.

Sie streicht Daniela über die Schulter, die etwas Unverständliches murmelt, sich umdreht und weiterschläft. Als sie die Mutter draußen vor der Tür hört, steht sie auf. Nur mühsam schüttelt sie den Traum ab, der Käfer, das Mädchen Elvira, dessen lange, blonde Zöpfe durch die Luft fliegen, dann plötzlich Biagio Gravina anstelle von Enrico Ragusa neben ihr.

»Geh ins Bett, Liebes, es ist eiskalt! Du bist ja barfuß!«

Blandine sieht die dunklen Ringe unter den Augen der Mutter, hört das Stöhnen aus Fidis Zimmer und Papa rufen. Mamas schmales Gesicht sieht ausgezehrt aus, und Blandine will ihr das Nachtgeschirr aus der Hand nehmen.

»Geh zu Papa, ich kümmere mich um Fidi«, sagt sie, aber die Mutter schüttelt den Kopf, legt den Finger auf den Mund und streicht ihr über das Haar.

»Das Fieber ist gestiegen, er ist kaum noch bei Bewusstsein. Ich mache ihm kalte Wickel und schicke morgen früh gleich nach Dr. Berlin. Geh, geh ins Bett«, flüstert sie und schiebt Blandine in Richtung ihres Zimmers, bevor sie zurück in ihr Schlafzimmer läuft, aus dem wieder Papas Stimme dringt, diesmal ungeduldig. Wie so häufig will sie Blandines Hilfe nicht – der Bruder und Papa sind Mamas Aufgabe, ihre Verantwortung. Verloren steht Blandine in dem kalten, dunklen Flur. Ein Modell des Sonnensystems fällt ihr ein, das Fidi mit einem seiner Lehrer einmal gebastelt hat. Da gab es Planeten, die weit weg von der Sonne ihre Kreise drehten. Sie gehörten zwar dazu, aber schienen doch irgendwie verloren, einsam dort draußen auf ihren weit entfernten Bahnen.

Langsam geht sie zurück in ihr Zimmer und verscheucht den Gedanken. Auch Papa war in den letzten Tagen malade, er hat schlecht geschlafen und verträgt das Essen nicht, das die neu angestellte Köchin zubereitet. Zu mächtig, zu viele Eier, riesige Portionen von gebackenen Maccheroni, das

Fleisch nicht gut gebraten, der Käse zu scharf – Schnappauf hat Mühe, alle Einkäufe zur Zufriedenheit zu erledigen, er muss weite Wege in die Stadt zurücklegen und findet doch nie alles, was sie brauchen.

Blandine legt sich wieder ins Bett, sie friert und schreckt immer wieder zusammen, wenn ein Windstoß die Läden gegen das Fenster schlägt oder sie Papas Stimme hört. Ihr Herz klopft, und obwohl sie friert, spürt sie kalten Schweiß auf der Stirn und unter den Achseln.

Die Villa, die bei ihrer Ankunft freundlich im Sonnenschein lag, kommt ihr inzwischen wie ein Gefängnis vor: weit weg von der Stadt, kalt und dunkel. Teppiche, Kissen, Öfen – alle Mühe hat das Haus nicht in eine gemütliche Bleibe verwandeln können. Und bei dem Wetter sind sie hier in gewisser Weise eingesperrt, weil es kaum möglich ist, mit der Kutsche in die Stadt zu fahren – Schnappauf macht seine Besorgungen zu Pferde, und wenn Rubinstein zu Besuch kommt, hat er Mühe, an der Piazza Santa Teresa einen Kutscher zu finden, der ihn nach Mezzomonreale bringt. Siegfried geht es immer noch schlecht, mehr als einmal hat der Arzt besorgt die Stirn gerunzelt, weil das Fieber nicht sinken will. So sind die Tage vergangen, und keiner hat sich an die neue Unterkunft gewöhnt. Die schnell aufgestellten Öfen können die hohen Räume nicht richtig heizen, wenn man sich davorstellt, um sich aufzuwärmen, fängt man sofort an zu schwitzen, aber schon drei Meter weiter spürt man von der Wärme kaum noch etwas. Die Feuchtigkeit scheint in jedem Winkel und jeder Ecke des Hauses zu stecken, sie kriecht in alle Sachen, die sie mitgebracht haben, die Kleider fühlen sich feucht an, die Kragen haben keinen Halt, selbst die Seiten der Bücher sind merkwürdig weich, und der Zucker, den Papa sich morgens in den Kaffee tut, klebt zu großen Klumpen zusammen. Zu Besuch kommt außer Rubinstein keiner mehr – die Gräfin Tasca liegt auch mit Fieber im Bett, nur Antonio, vor dem sie sich alle ein wenig fürchten, ist immer da.

Er nimmt seine Aufgabe ernst und weicht vor allem Papa nicht von der Seite, sobald der das Haus verlässt. Blandine erinnert er an Quasimodo, den Glöckner von Notre-Dame, er hinkt, hat kaum noch Zähne und ein grobes Gesicht. Sein heiseres Lachen, die unverständlichen Worte, die er lauter und lauter wiederholt, wenn sie den Kopf schüttelt, erschrecken sie. Papa hat mehrmals vergeblich versucht, ihn wegzuschicken, aber er gehört zu dem Haus wie das Mobiliar und freut sich sogar über die unerwarteten Gäste. Sie stellt sich vor, dass er bei Wind und Regen ums Haus herumschleicht, die Flinte über der Schulter, und zieht sich die Decke über den Kopf.

Inzwischen muss es nach Mitternacht sein, und Blandine weiß, dass sie nur schwer einschlafen wird. Der seltsame Traum, das kalte Haus, der gelblich graue Himmel und der heftige Regen, der die Straßen unpassierbar und es ihnen unmöglich macht, das Haus zu verlassen, Fidis Krankheit und Papas Unwohlsein, all das erscheint ihr jetzt mitten in der Nacht unerträglich und die Menschen – allen voran Antonio – selbst in ihrer Freundlichkeit feindselig. Sie fragt sich, was sie an Sizilien und Palermo so fasziniert hat, und versucht, sich das Hotel des Palmes ins Gedächtnis zu rufen, den Palmengarten im Sonnenschein, den Ausflug nach der Favorita, den großen, schläfrig aussehenden Uhu in der Villa

Florio und die Nachmittage mit Tina und ihrer Mutter im Café, aber sie sieht nur vom Wind gepeitschte Palmen unter einem düsteren Himmel, und der Geruch nach feuchten, schimmelnden Polstermöbeln, den sie nicht aus dem Haus haben vertreiben können, nimmt ihr den Atem.

Ein paar Stunden später steht sie übernächtigt und mit Kopfschmerzen auf. Daniela schläft immer noch, obwohl sie diejenige war, die vor dem Einschlafen lange über den Auszug aus dem Hotel geklagt hat und sich nichts sehnlicher wünscht, als nach Hause zurückzukehren. Sie wollte von Blandine wissen, wieso sie aus dem Hotel ausgezogen sind, warum sie bei dem Wetter überhaupt in Palermo bleiben, wo Papa doch den *Parsifal* vollendet hat, Fragen über Fragen, die Blandine nicht beantworten konnte. Daniela hat über die Kälte im Schlafzimmer gejammert, über die Langeweile so weit weg von der Stadt, dann ist sie wie immer unvermittelt eingeschlafen.

Beim Frühstück ist die Stimmung wieder einmal gedrückt, Papa schweigt, und Mama springt dauernd auf, um nach Fidi zu sehen. Dr. Berlin war schon da und hat andere Medikamente verschrieben, das Fieber müsse endlich gesenkt werden, hat er gesagt.

Draußen klart es etwas auf, und der Wind hat sich gelegt. Der Himmel ist immer noch grau, aber ein helles Grau, und die Wolken stehen hoch. Papa fragt nach der Post, es ist seit Tagen nichts gekommen, und Antonio schüttelt nur den Kopf, wenn sie ihn darauf ansprechen. Ein Brief von Breitkopf müsste längst da sein, außerdem wartet die Mutter auf ein Schriftstück von ihrem Anwalt.

»Die Briefe werden im Hotel liegen«, sagt jetzt Daniela. »Bei dem Wetter hat sich kein Kutscher gefunden, der sie uns bringt, also haben sie die Post behalten. Wenn Frau Türk uns begleitet, können Blandine und ich in die Stadt fahren und alles abholen. Dann gehen wir gleich in die Apotheke und besorgen die Medikamente für Fidi.« Sie geht zum Fenster. »Jetzt scheint beinahe die Sonne!« Das ist übertrieben, aber wenigstens regnet es nicht, und nur ein dünner Wolkenschleier ist am Himmel zu sehen.

Blandine schweigt, sie will nicht zurück in das Hotel fahren, will Enrico Ragusa nicht begegnen – aber wie soll sie das begründen? Und die gedrückte Stimmung, die besorgten Blicke der Mutter, Papas Gereiztheit, auch das macht ihr zu schaffen. Die Kopfschmerzen sind immer noch da, es pocht hinter der linken Schläfe, und vielleicht hilft ihr die frische Luft. Als die Mutter jetzt erschöpft nickt, läuft Daniela aus dem Zimmer. Blandine hört sie mit Antonio diskutieren, ihre Stimme wird lauter, sie mischt Französisch mit ein paar Brocken Italienisch, aber schließlich scheint er sie verstanden zu haben.

Eine Stunde später sitzen sie in einer Kutsche auf dem Weg in die Stadt. Vor ihnen liegt Palermo, und in der Ferne sieht Blandine das Meer, das eingehüllt ist in einen hellgrauen Dunst. Sie fahren den Corso Calatafimi entlang, langsam, weil ihnen immer wieder Hirten entgegenkommen, die ihre Schafe und Ziegen über die Straße treiben. Fliegende Händler bieten ihre Ware an, und Kinder spielen am Straßenrand. Von den Regenfällen der letzten Tage ist die Straße schlammig, und Blandine sieht, dass sich die Händler Lumpen um die Füße gewickelt haben, die braun verfärbt sind von Unrat und Dreck – wie Klumpfüße sehen sie aus. Rubinstein hat erzählt, dass die Straße wie ausgestorben war während des Regenwetters. »Als ob die Menschen die Insel verlassen hätten – alles verrammelt und verriegelt, es war gespenstisch«, hat er gesagt und selbst gespenstisch ausgesehen in seinem schweren, schwarzen Mantel, den er auch im Haus nicht abgelegt hat, weil es kalt war und Rubinstein schnell friert.

»Wäre besser gewesen, wenn nicht alle Menschen zurückgekommen wären«, sagt jetzt Daniela, als die Kutsche zum hundertsten Mal anhalten muss, um ein paar Ziegen passieren zu lassen. Dann taucht die Porta Nuova vor ihnen auf, und Blandine zeigt ihrer Schwester den Palazzo Reale, den sie in den nächsten Tagen besichtigen wollen. Die lange Straße vom Stadttor bis zum Meer liegt schnurgerade vor ihnen, sie wimmelt von Menschen, und der Kutscher flucht immer lauter. Daniela wird nervös, sie hasst Menschenaufläufe und hat eine Abneigung gegen die Altstadt mit den eng beieinanderstehenden Palazzi und den schmalen Seitengassen, aus denen Geschrei dringt. Blandine ist fasziniert und abgestoßen zugleich von dem Durcheinander, den schreienden Händlern, den schimpfenden Frauen und den Heerscharen von Kindern, die in Lumpen gehüllt überall herumrennen.

»Wie in Neapel«, sagt Daniela. »Wie kann man so leben?« Auch ihr gefallen die Palazzi nicht, sie findet wie Papa, dass der neue Teil der Stadt der schönere ist. Inzwischen nähern sie sich dem Hotel, und Blandine verstummt. Als Daniela sie etwas fragt, zuckt sie zusammen – sie hat nicht zugehört, hat wieder an den Traum von heute Nacht gedacht. Vielleicht ist Ragusa von seiner Reise noch nicht zurück und sie sieht ihn gar nicht. Er hatte nicht gesagt, wie lange er wegbleiben will. Aber kommt nicht auch bald das Kind zur Welt? Sie verscheucht die Gedanken und erklärt Daniela die Straßen, sie erzählt ihr von Cafés und Geschäften, in denen sie Besorgungen gemacht haben, und in welche Richtung der Orto Botanico und der Giardino Inglese liegen.

Dann liegt das Hotel vor ihnen, umgeben von Palmen, und Daniela sagt noch einmal, dass es zu schade ist, nicht mehr hier zu wohnen. Der Empfang ist freundlich, man begrüßt sie, als wären sie nach einer langen Reise heimgekehrt. Enrico Ragusa lässt sich nicht blicken, er wird entschuldigt – seiner Frau geht es nicht gut, die Niederkunft steht unmittelbar bevor. Es ist dann der Rezeptionist, der ihnen einen Packen Post in die Hand drückt und sich tausendmal entschuldigt, es sei nicht möglich gewesen, bei dem Wetter die Post nach Mezzomonreale zu schicken, es tue ihm unendlich leid, dass die Damen den weiten Weg auf sich genommen hätten, spätestens morgen hätte er ihnen alle Post zukommen lassen. Sie wollen sich schon verabschieden, als eines der Mädchen in den Salon gelaufen kommt. Blandine erkennt diejenige, die damals auf Elvira aufpassen sollte. Das Mädchen ist aufgeregt, es versteckt die Hände unter der Schürze, knickst mehrmals und entschuldigt sich, ob das Fräulein Blandine einen Moment Zeit hat, ein Wäschestück anzuschauen, sie glaube, es sei vergessen worden. Widerwillig steht Blandine auf und folgt der jungen Frau durch den breiten, mit schweren Teppichen ausgelegten Gang und dann in einen schmaleren, bis sie vor einer grau angestrichenen Tür stehen. Das Mädchen öffnet sie und zieht Blandine in eine Art Wäschekammer. Dann holt sie unter dem Rock zwei Karten hervor und gibt sie ihr. Blandine versteht nicht. »Die Wäsche?«, fragt sie auf Italienisch, aber die andere schüttelt nur stumm den Kopf, legt den Zeigefinger auf die Lippen und schiebt sie zurück in den Gang. Blandine hat keine Zeit, sich die Karten genauer zu besehen, und versteckt sie schnell unter ihrem Rock.

»Und?«, fragt Daniela ungeduldig. Sie müssen noch in die Apotheke, und der Weg zurück in die Villa ai Porazzi ist weit.

»Nein, das war nicht von uns, sie hat sich geirrt«, murmelt Blandine, und sie verabschieden sich.

Den ganzen Tag über hat sie das Gefühl, dass die beiden Karten unter ihrem Rock brennen. Sie findet einfach keine Gelegenheit, sie allein für sich zu lesen. Als sie sich ins Schlafzimmer zurückzieht, kommt erst ihre Mutter, und später, als sie es noch einmal versucht, stürmen Eva und Loldi ins Zimmer, die sich seit Tagen vor Langeweile streiten. Irgendwann am Nachmittag, als Papa und die Mutter sich ausruhen und die Mädchen ihre Konversationsstunde mit Herrn Türk haben, geht sie in den Garten.

Die Karten sind aus schwerem weißem Papier, und die Handschrift, die sie bedeckt, ist klein und sehr regelmäßig. Die Bögen der ms und ns sind nicht rund, sondern spitz, und sie hat erst einmal Mühe, die Schrift zu entziffern. Als sie auf die Unterschrift schaut, wird sie rot: Biagio Gravina. Die Unterbögen der beiden Gs sind geschwungen, der Name sieht aus wie ein Gemälde. Sie spürt die Hitze im Gesicht und dreht sich nach der Villa um. Es ist keiner zu sehen, und sie geht zu einer der steinernen Bänke, die am Rande des Gartens aufgestellt sind, dort, wo der Zitronenhain beginnt. Sie vertieft sich in die Lektüre: Gravina hat auf Französisch geschrieben. Das erste Bigliett ist von vor einer Woche, das zweite von vorgestern. Er schreibt ihr, dass er gleich zu Beginn des neuen Jahres nach Norditalien reisen musste, wo sein Bataillon stationiert ist. Richtig, sie erinnert sich, dass er im Militär ist. Er bedauert, ihr erst jetzt ein Lebenszeichen schicken zu können, er hat sie nicht vergessen seit der Silvesternacht und hofft, dass sie ihm dieses Bigliett verzeiht – er muss immerzu an sie denken und wünscht sich nichts sehnlicher als einen Gruß von ihr. Deshalb hat er seinem Diener diese Karte für sie geschickt. Der wird sie einem der Dienstmädchen geben und dann jeden Tag ins Hotel kommen, um auf Antwort von ihr zu warten.

Das zweite ist vom Ton her dringlicher – ob sie seinen ersten Brief erhalten habe? Sie sei nicht mehr im Hotel – wo soll er sie suchen? Er komme erst in der nächsten Woche zurück nach Palermo, bis dahin sei sie vielleicht bereits abgereist? Oder ist sie ihm böse, dass er sich die Freiheit genommen hat, ihr zu schreiben? Er muss sie wiedersehen, egal wie!

Sie ist verwirrt und wütend und froh zugleich und blinzelt in die trübe Sonne, die durch dünne Nebelschleier scheint. Was bildet er sich ein, ihr Briefe zu schicken? Hat sie ihn ermutigt? Sie ist mit ihm auf die Terrasse gegangen, aber sie hat ihm keinerlei Zeichen gegeben – wie auch, er hat ja ununterbrochen geredet. Ist das unschicklich? Muss sie die Karten der Mutter zeigen? Soll sie mit Daniela darüber reden? Wieder betrachtet sie die schwungvolle Unterschrift und hat sein Gesicht vor Augen, den sanften, etwas traurigen Blick. Tausend Gedanken schießen ihr durch den Kopf – will sie ihn wiedersehen? Soll sie ihm antworten? Darf sie das – und wenn ja, wie? Wie soll sie zum Hotel gelangen und das Dienstmädchen finden? Und kann sie diesem überhaupt trauen? Was würde er von ihr denken, wenn sie antwortet? Was, wenn nicht? Sie steht auf und blickt in den hellen grauen Himmel, über den hoch oben ein paar Vögel ziehen.

Biagio. Biagio Gravina. Der fremde Vorname gefällt ihr, er klingt weich wie eine Melodie. Wann kommt er zurück nach Palermo?

Heute Morgen ging es wieder um den Zeitpunkt ihrer Abreise: Jeden Tag werden Pläne gemacht und wieder geändert, abhängig von Fidis Gesundheitszustand und Papas Verfassung – hat er gut geschlafen oder nicht? Fühlt er sich in der Villa wohl, in der er endlich nicht mehr von Fremden gestört wird? Fühlt er sich isoliert? Ist das Wetter angenehm, scheint die Sonne?

Sie weiß, dass sie Biagio Gravina nicht antworten wird. Sie glaubt nicht, dass sie etwas falsch gemacht oder ihn ermutigt hat. Sie hat sich bis jetzt nichts vorzuwerfen, selbst wenn die Karten Mama in die Hände fallen sollten. Aber ... aber, denkt sie, falls sie lang genug bleiben, um zu einem der Karnevalsbälle zu gehen, würde sie ihn dort vielleicht wiedersehen. Er war auf dem Silvesterball, er wird auch zu anderen Bällen gehen. Wenn er wieder in Palermo ist. Wie lange bleibt einer bei seinem Bataillon? Tage, Wochen, Monate? Wen könnte sie das fragen, ohne mit peinlichen Gegenfragen rechnen zu müssen?

Die Gräfin Mazzarini hatte auf der Rückfahrt vom Ball abschätzig bemerkt, dass es immer dieselben Leute sind, die sich auf den Bällen treffen, weshalb ein neues Gesicht eine Sensation sei. Ein wenig hat sie die Bemerkung verletzt, und jetzt muss sie wieder daran denken: Ist sie einfach nur eine Sensation? Wenn ja, ist Gravina wohl der Einzige, der so denkt, wie die Gräfin es der Gesellschaft in Palermo unterstellt. Ja, viele wollten mit ihr tanzen, aber keiner hat sich so für sie interessiert wie er. Sie schüttelt den unangenehmen Gedanken ab. Falls sie in Palermo bleiben, werden sie auf mindestens einen der Karnevalsbälle gehen. Dort wird sie ihn wiedersehen. Bestimmt.

Daniela drängt sehr darauf, die Feste abzuwarten, sie hat wenig von Palermo gesehen und ist nicht in die Gesellschaft eingeführt worden. Sobald es Fidi etwas besser geht, soll über die Ballgarderobe beratschlagt werden. Und eigentlich wollte Mama doch wenigstens zu einem Ball mitgehen. Außerdem hat sie Loldi versprochen, sie mitzunehmen, immerhin ist sie sechzehn.

Jetzt ist Blandine ein wenig schwindelig, und die Briefe brennen nicht mehr in ihren Händen. Sie wird sie niemandem zeigen und mit niemandem darüber reden. Noch einmal liest sie beide Wort für Wort. Dann geht sie zurück in die Villa in ihr Zimmer und kann sie gerade noch zwischen ihrer Wäsche verbergen, als Mama ins Zimmer kommt und ihr eine Karte hinhält.

»Schau nur – Tina Scalia hat sich verlobt. Mit einem von diesen englischen Kaufleuten, Joseph Whitaker. Wusstest du davon? Und wie merkwürdig – ich hatte den Eindruck, Madame Scalia habe höhere Erwartungen und Ansprüche. Ein englischer Kaufmannssohn, nun ja …«

11
Karneval

17. bis 20. Februar 1882

Ein paar Tage später sind Regen, Wind und Wolken nur noch eine unwirkliche Erinnerung, ein durchsichtiger, blauer Himmel und die Sonne, die immer intensiver scheint, haben das Grau vertrieben. Fidi geht es etwas besser, reihum sitzen die Schwestern an seinem Bett und lesen ihm vor, oder er zeichnet aus der Erinnerung die Kirchen, Palazzi, Brunnen und Stadttore Palermos. Der Kutscher ist jeden Tag verfügbar, und sie unternehmen lange Ausflüge nach Palermo und Monreale, und die Köchin und Schnappauf haben sich arrangiert, sodass sie meistens genießbare Mahlzeiten serviert bekommen. Papas Stimmung ist immer noch nicht stabil, mal beschwert er sich über Graf Tasca und Fürst Gangi, die sie zu häufig besuchen, mal schimpft er, weil sonst niemand kommt und das Essen ihm schwer im Magen liegt, weshalb er nachts nicht schlafen kann. Und über Rubinstein und seinen Klavierauszug oder sein Spiel, ausgerechnet über Rubinstein, der selbst bei dem schlechten Wetter jeden Tag nach Mezzomonreale gekommen ist – Blandine hat nie begriffen, wie ihm das gelungen ist, durchnässt in seinem langen, schwarzen Mantel, mit leidendem, gottergebenem Gesicht. Dann die Auseinandersetzungen über ein Motiv, einen Takt, eine Note. Blandine atmet auf, wenn sie ihn Chopin spielen oder nach einem Wortwechsel mit Papa lachen hört.

Aber wenigstens schwärmt Papa jetzt wieder vom Süden, von Sonne und Licht, er liebt den großen Zitronenhain und hat sich sogar an Antonio gewöhnt, über den er in seinen Briefen nach Deutschland berichtet. Und es gibt Abende, an denen er gute Laune hat und ihnen vorliest oder mit ihnen scherzt.

Karneval rückt näher, von Abreise wird selten gesprochen oder wenn, dann von einem Termin um Ostern, und sobald Papa den Raum verlässt, drehen sich alle Gespräche um die anstehenden Bälle und die Ballgarderobe. Blandine ertappt sich dabei, dass ihre Gedanken abschweifen, sie träumt tagsüber und nachts von einem Wiedersehen mit Biagio Gravina, dessen Gesicht sie sich nicht mehr vorstellen kann, so oft hat sie es versucht. Mal begegnet er ihr in diesen Träumereien zufällig bei einem der Spaziergänge durch den Botanischen Garten, mal an der Marina, während sie ein Eis bei Ilardo essen, mal steht er plötzlich auf einem der Bälle vor ihr. Aber immer ist sein Kopf ein weißer Kreis, nur die Augen schauen sie sanft und traurig an, meistens in den Stunden, bevor sie nachts in einen kurzen, unruhigen Schlaf fällt. Mama und Daniela beschweren sich über ihre Schweigsamkeit, die Mama Missmut nennt – ihren schlechten Charakterzug, gegen den sie unermüdlich ankämpfen soll.

Blandine gibt sich Mühe, sie versucht, sich auf das zu konzentrieren, was um sie herum geschieht, aber alles ist fern, sie bewegt sich in einer Traumwelt, in der sie nur ab und zu etwas erreicht, ein Geruch, Geschmack, eine Farbe, die zu kräftig ist für Februar, für den Winter. Sie stickt jetzt viel, dabei fällt ihre Abgelenktheit nicht auf, sie konzentriert sich auf komplizierte Stiche und Muster, die ihr aber meistens nicht gelingen, denn auch der Stickrahmen ist weit weg. Die beiden Karten hat sie nicht mehr angeschaut, den Text kann sie auswendig, sie dreht und wendet jedes Wort, sie überlegt, was sie ihm sagt, wenn er vor ihr steht, was er denkt, weil er nichts von ihr hört, ob es weitere Karten gibt, die im Hotel liegen. Das Mädchen hat keine Möglichkeit, sie ihr zu schicken. Aber sein Bote müsste inzwischen längst herausgefunden haben, wo sie nun wohnen.

Jetzt sitzen sie beim Tee in dem immer noch ungemütlichen Salon, der einfach nicht warm werden will, und keiner beachtet sie, denn mal wieder geht es um die Ballgarderobe.

»Als Gretchen, bitte, bitte, Mama!«, ruft Isolde, die vorn auf der Sofakante sitzt und ungeduldig mit dem Fuß wippt. »Die Gräfin Tasca hat mir das Kostüm genau beschrieben, es ist einfach zu schneidern. Das Wichtigste ist sowieso die Frisur, die langen Zöpfe.«

»Was für ein Unsinn, Loldichen, wenn eine von uns kostümiert geht und die anderen in gewöhnlicher Ballgarderobe. Ich ...«

»Einen Moment, Mama, hör mir zu«, unterbricht Isolde die Mutter, und Blandine sieht, wie diese die Stirn runzelt.

»Ich habe genau die richtigen Haare für die Frisur, das hat die Gräfin gesagt, es würde einen besonderen Eindruck machen und ...«

»Loldi, nein, ich lasse nicht extra eine Garderobe schneidern, die du danach nie wieder trägst. Willst du in Bayreuth als Gretchen auftreten? Zu welchem Anlass?«

»Mami, es ist ganz einfach: Das Kleid soll aus hellblauem Kaschmir sein mit dunkelblauen Samtstreifen. Dazu ein hellblauer oder goldener Unterrock aus Damast. Der Bund der Weste, die über der Brust offen ist, ist mit Goldstickerei verziert, darüber ein dunkler Ledergürtel mit goldenen Beschlägen, an dem eine Tasche im alten deutschen Stil befestigt ist ...«

»Isolde, jetzt reicht es.«

»Aber ich habe schon einen solchen Unterrock, wir bräuchten nur noch ...«

»Kein Kostüm, Isolde, Schluss jetzt. Dein Kleid ist schlicht, aber das *gris-perle* ist sehr schön, weil es dein Haar leuchten lässt. Wir lassen die Schneiderin kommen, die morgen sowieso bei der Gräfin Tasca ist, damit du noch eine Weste, am besten aus Brokat, dazu bekommst. Bescheidenheit steht jedem Mädchen gut, ihr wisst, dass eurem Papa das sehr wichtig ist. Und mir auch«, sagt sie mit einem strengen Blick auf Loldi, die trotzig zu Boden blickt und noch einmal Luft holt. Blandine bewundert die kleine Schwester für ihre Sturheit. Sie hätte längst aufgegeben.

»Aber dann wenigstens die Frisur, ja? Die kann das Mädchen flechten, die Gräfin hat mir genau erklärt, wie die Zöpfe um den Kopf zu winden sind ...«

»Das ist albern, Isolde, und das weißt du. Du bist kein kleines Mädchen mehr, und wenn ich noch ein Wort höre, gehst du gar nicht zum Ball.« Der Ton der Mutter ist hart, sie duldet keine Widerworte von ihren Töchtern. Isolde springt auf und läuft aus dem Salon. Blandine will ihr hinterhergehen, aber Daniela hält sie zurück. »Lass sie bocken, sie wird es schon einsehen.«

»Isolde war von Anfang an die willensstärkste von euch Mädchen«, sagt jetzt die Mutter und schenkt Tee nach. »Schon als ganz Kleine hat sie geschrien wie am Spieß, wenn sie nicht das bekommen hat, was sie wollte. Sie muss lernen, dass es nicht immer nach ihren Wünschen geht. Sonst wird ihr viel Unglück im Leben zustoßen. Deshalb muss ich in Kleinigkeiten standhaft sein, darf ihr nie nachgeben. Euer Papa hält das genauso, wir wissen, dass wir ihr nur so helfen können.«

Blandine hat die Tränen in den Augen der Schwester gesehen, sie weiß, wie sehr die Jüngere neue Kleider und fremdartige Verkleidungen liebt. Mama hat recht, natürlich hat sie recht, trotzdem tut es ihr leid, Isolde um so ein schlichtes Vergnügen zu bringen. Sie will nun doch etwas sagen, aber die Mutter ruft das Mädchen, um zu besprechen, wie die Haare zu frisieren sind, und Blandine vertieft sich wieder in ihren Stickrahmen.

Wie im Flug vergehen die Tage, und schließlich ist es so weit – am Karnevalsfreitag findet der erste Ball statt, zu dem Blandine, Daniela und Loldi mit der Gräfin Tasca gehen sollen. Morgens sitzen sie im Salon, und die Mutter erklärt ihnen, dass sie lieber bei Papa bleibt.

»Die letzten Wochen waren anstrengend für ihn, er hat kaum eine Nacht geschlafen, und wegen der Sorge um Fidi war ich wenig bei ihm. Geht ihr – die Gräfin Tasca nimmt euch unter ihre Fittiche.«

»Aber Mama, du hast versprochen mitzukommen«, wendet Daniela ein.

»Wie so oft übertreiben die Sizilianer, liebes Kind. Wir haben jeden Abend eine Einladung, und einmal will ich sicher mitgehen. Heute Abend nicht«, sagt sie abschließend, als die Tür aufgeht und das Dienstmädchen die Gräfin Tasca ankündigt, die ihr unmittelbar folgt. Sie ist blass und zittert.

»Die Marchesa di Pietraganzilli ist heute früh im Kindbett verstorben!«

In Blandines Ohren rauscht es, und plötzlich ist ihr übel, eine Übelkeit, die sie ganz erfasst. Sie sieht das schöne, kindlich runde Gesicht der Marchesa vor sich, die glänzenden, schwarzen Haare, die braunen Augen, den freundlichen, offenen Blick. Unvorstellbar, dass sie tot ist. Im Kindbett gestorben. Wieder kommt eine Welle der Übelkeit. Sie denkt an Blut, an ein blutverschmiertes Neugeborenes, das so aussieht wie die zwei kleinen Mädchen, die durch das Hotel gelaufen sind, alle schwarzhaarig, alle mit dem runden, kindlichen Gesicht der Mutter.

»Blandine! Schnell, lauf nach dem Fächer!«

Sie erwacht wie aus einer Trance und sieht, dass die Mutter die Gräfin Tasca stützt, die schwer atmet und deren pergamentartige Haut einen gelblichen Ton angenommen hat. Langsam geht sie aus dem Zimmer, Daniela kommt ihr mit dem Mädchen und einem Krug Wasser entgegengelaufen, sie weicht aus, kann aber nicht schneller gehen. Als sie – es kommt ihr wie eine Ewigkeit vor – mit dem Fächer zurück im Salon ist, sitzt die Gräfin auf dem Sofa, und die Mutter kühlt ihr mit einem nassen Taschentuch die Schläfen. Blandine reicht ihr wortlos den Fächer und setzt sich auf einen der Sessel.

»Ich habe es kommen sehen – meine geliebte Lucia. Das dritte Kind in vier Jahren, und sie ist so zart, so schwach!« Jetzt schluchzt die Fürstin in das Taschentuch, und Blandine sieht die Mutter fragend an, die stumm den Kopf schüttelt.

»Ich muss zu ihr – Donna Cosima, Sie müssen mich begleiten, allein habe ich nicht die Kraft dazu, ich bitte Sie …«

»Aber natürlich, meine Liebe, beruhigen Sie sich – sobald es Ihnen besser geht, fahren wir los. Jetzt müssen Sie sich einen Moment ausruhen, der Weg ist weit.«

Als die Gräfin auf eine Chaiselongue in dem kleineren der beiden Salons gebettet ist, nimmt die Mutter Blandine und Daniela bei der Hand und zieht sie aus dem Raum.

»Blandine, Frau Türk soll sich um Fidi kümmern, Schnappauf kann mit Loldi und Eva repetitieren …«

»Ich komme mit!« Loldi klingt immer noch trotzig. Blandine sieht, dass der Blick der Mutter wieder hart wird. Sie packt das Mädchen bei der Schulter und führt sie in ihr Zimmer, aus dem sie ein paar Minuten später mit entschlossenem Schritt zurückkommt.

»Blandine, Daniela, zieht euch um. Die Gräfin trinkt noch ein Glas Wasser, dann fahren wir los.«

»Ich wusste gar nicht, dass die Gräfin …«, beginnt Blandine zögernd, aber die Mutter unterbricht sie.

»Die Marchesa war die Tochter ihrer besten Freundin, sie hat sie aufwachsen sehen, hat erlebt, wie das junge Mädchen hofiert wurde. Ein Jahr lang war sie der Mittelpunkt aller Feste. Dann kam Ragusa. Eine gute Partie, je nachdem, wie man es sieht. Sie hat den Titel, er das Geld. Und sie waren so offensichtlich verliebt.« Die Mutter hat hastig gesprochen, und

Blandine fragt sich, woher sie das weiß. Was ihr die Gräfin Tasca anvertraut und worüber sie mit ihr, der Fürstin Gangi und der Gräfin Mazzarini spricht. Sie setzt wieder zu einer Frage an, aber die Mutter unterbricht sie.

»Wir haben keine Zeit, Blandine, beeile dich.« Sie klingt ungeduldig, ihr Ton duldet keine weiteren Fragen.

Später sitzen sie schweigend in der Kutsche, die Vorhänge sind zugezogen, keiner guckt hinaus. Die Luft wird stickig, und während es die ersten Kilometer noch schnell und gleichmäßig geht, kommt die Kutsche immer wieder zum Stehen, sobald sie die Porta Nuova passiert haben.

»Karneval für das Volk«, sagt die Gräfin jetzt verächtlich. *C'est degoutant«,* und zieht die Gardinen fester zu. Sie trägt ein dunkelgraues Kleid und einen schwarzen Mantel, dazu einen kleinen grauen Hut mit schwarzem Trauerschleier. Sie hat die Fassung wiedergefunden und dominiert das Gespräch und das Schweigen in der Kutsche. Blandine sieht Daniela an, dass sie zu gern hinausschauen würde, wo auf den Straßen das Volk feiert und tanzt, sie hören Musik, Gelächter und Schreie, es riecht nach Gegrilltem und dem feuchten Moder der Gassen. Blandine schaut auf ihre schwarzen Lederhandschuhe, ihr ist übel von der stickigen Luft und dem Gestank, und vor ihren Augen verschwimmen die Gesichter von Ragusa und Biagio Gravina zu einem undefinierbaren Männergesicht, vor das sich das lächelnde Gesicht von Lucia Salvo schiebt, das sie präziser vor Augen hat, das Lächeln, die kleine Zahnlücke zwischen den Schneidezähnen, der olivenfarbene Teint, die geraden, feingezeichneten schwarzen Augenbrauen, der kindlich-rosige Mund.

Es dauert lange, bis die Kutsche sich den Weg zum Hotel des Palmes gebahnt hat, immer wieder muss der Kutscher absteigen und Menschen beiseiteschieben, er schreit und streitet und ist schweißgebadet, als die Kutsche endlich in der Via Stabile zu stehen kommt.

Nach dem Dämmerlicht in der Kutsche blendet Blandine die Helligkeit draußen, und sie ist einen Moment lang benommen, bevor sie das Treiben um sich herum wahrnimmt: singende und tanzende Menschen, verkleidet als spanische Edelleute oder Ritter, mit einem silberfarben angestrichenen Pappkarton als Rüstung vor der Brust, Masken aus bunter Pappe, und bei den Frauen das Gänsekostüm, von dem ihr das Dienstmädchen erzählt hat: weißer Rock und weißes Tuch auf dem Kopf. Über die Menschenmenge hinweg sieht sie das Hotel – die Tür ist weit geöffnet, auch die Fenster der unteren Etage stehen alle offen, als wolle man die lärmenden Menschen von der Straße hereinbitten.

Die Gräfin ist wieder blass geworden und stützt sich beim Aussteigen auf die Mutter. Dann schüttelt sie unwillig den Kopf.

»Alle Fenster müssen sie öffnen – alle, in jeder Etage, überall!« Damit schiebt sie die Mutter beiseite und geht allein die letzten Schritte auf die Eingangstür des Hotels zu. Blandine sieht die Mutter fragend an, die mit den Schultern zuckt, dann folgen sie der Fürstin. Im Hotel ist es still, es ist, als wären alle Gäste abgereist. Dann kommt der Rezeptionist auf sie zu, seine Uniform ist zerdrückt, und er sieht erschöpft aus.

»Kommen Sie, kommen Sie nur – hier entlang.« Er führt sie in einen Flügel des Hotels, den Blandine noch nie betreten hat.

Sie weiß, dass dort die Privaträume von Enrico Ragusa liegen, und sie kommt sich wie ein Eindringling vor. Auch hier stehen die Türen sperrangelweit offen. Sie hört schon von Weitem Stimmengewirr, in das sich immer deutlicher das Weinen eines Kindes, eines Neugeborenen mischt. Sie laufen durch einen Salon, eine Bibliothek, in der große Kästen mit Insekten aller Art exponiert sind, dann durch einen weiteren kleinen Salon mit einem Spiegel, der mit einem grauen Tuch verhüllt ist. Das Mobiliar ist seltsam unpersönlich, aber vielleicht kommt es ihr nur so vor, weil die Möbel denen in ihren Hotelzimmern ähneln. Sie wundert sich über den Lärm, die Stimmen und bleibt abrupt stehen, als sie in den letzten und größten Raum kommen, einen prächtigen Salon: Bestimmt fünfzig Leute drängen sich dort zusammen, sie reden laut, Kinder laufen herum, und Blandine erkennt die zwei kleinen Mädchen, die ihrer Mutter so ähnlich sehen. Da in einer Ecke sitzt auch die Amme mit dem schreienden Neugeborenen, sein Weinen verzweifelt, das Köpfchen rot angelaufen. Blandine erkennt einige Gesichter vom Silvesterball, jetzt nimmt die Mutter sie bei der Hand und zieht sie hinter sich her. Es riecht nach Blumen, große Bouquets stehen überall im Raum, und dann hat die Gräfin die letzten Frauen beiseitegeschoben, um zum Totenbett zu gelangen. Wie angewurzelt bleibt Blandine stehen und senkt instinktiv den Blick. Der Duft der Blumen betäubt sie, sie starrt auf ihre Füße, auf den Teppich mit den weißen und blauen Ornamenten auf dunkelrotem Grund, die sich zu drehen beginnen, schneller und schneller, gleichzeitig spürt sie wieder die Übelkeit, die jetzt mit aller Macht in ihr aufsteigt. Sie dreht sich um und läuft aus dem Raum, so schnell sie kann, sie läuft durch die Salons zurück in den Hoteltrakt und in den Garten, sie versucht, die Übelkeit niederzukämpfen, aber es gelingt ihr nicht, und sie erbricht sich an einen der Hibiskussträucher. Ihre Schläfen pochen, sie wischt sich mit dem Taschentuch den Mund ab und schämt sich fürchterlich. Vorsichtig schaut sie sich um, sie ist allein in dem Garten, aus den auch nach hinten geöffneten Fenstern hört sie die Stimmen der Trauernden. Sie geht ein paar Schritte zu einer der Palmen und lehnt sich schwer atmend an den Stamm. Und plötzlich erklingt hinter ihr ein leises Kichern. Sie dreht sich um und sieht Elvira in ihrer grauen Kutte, die Zöpfe so geflochten wie in ihrem Traum. Das Kind zeigt auf ihr Erbrochenes.

»Die Toten sind gut«, sagt es. »Sie bringen Geschenke. Wart's ab, *sie* wird auch Geschenke bringen, im November schon, nur muss ihre Seele ins Paradies fliegen können. Und Schuhe braucht sie, um im Himmel zu laufen. Die Fenster da oben – die müssen sie auch öffnen, damit sie ins Paradies kann! Siehst du, da!« Elvira zeigt auf die obere Etage des Hotels, deren Fenster geschlossen sind, dreht sich um und ist verschwunden, und einen Augenblick lang glaubt Blandine, dass das Mädchen eine Erscheinung gewesen ist, dass sie ebenso unwirklich ist wie der Leichnam der Marchesa, der dort im hintersten Salon auf einer Liege aufgebahrt liegt, im schönsten Kleid, das Gesicht blass, aber unversehrt, lebendig, wie schlafend, die Hände über der Brust gefaltet – und ja, mit Schuhen an den Füßen, schmalen, eleganten dunkelbraunen Schuhen mit kleinem Absatz.

Erschöpft geht sie zu einer der Bänke und versucht, ruhig zu atmen. Ihr Herz schlägt, und sie weiß nicht, was sie tun soll. Auf keinen Fall will sie zurück in den Raum mit der Toten und Ragusa, der weinend über sie gebeugt vor der Liege kniet. Ein Schluchzen, so als wäre er allein mit der Toten, ein ausschließliches Weinen, das sich nicht um die Anwesenheit all der Menschen schert, die reden, flüstern, klagen, schieben, drängeln, schwitzen.

Sie weiß nicht, wie viel Zeit vergangen ist, als Daniela in den Garten kommt. Die Schwester ist ärgerlich. »Wo warst du? Wir haben überall nach dir gesucht – komm, wir müssen zurück!« Wie so oft erwartet sie keine Antwort, sondern führt Blandine durch das Hotel zur Kutsche, vor der die Mutter und die Gräfin warten.

»Du siehst blass aus, Kind, setz dich schnell in die Kutsche.« Die Mutter schiebt sie in die stickige Kabine, setzt sich neben sie und hält ihre Hand, sie sieht sie besorgt von der Seite an, und Blandine ist froh, dass die Gräfin auf dem gesamten Rückweg nach Mezzomonreale schweigt und nur ab und zu ein Spitzentaschentuch aus dem Ärmel zieht und sich umständlich die Augen damit abtupft.

Unmöglich, heute Abend auf einen Ball zu gehen, unmöglich auch, dass der Ball nicht abgesagt wird: Die Hälfte der Gesellschaft in dem Totenraum ist am Abend zum Tanz geladen. Nur kurz geht Blandine der Gedanke an Biagio Gravina durch den Kopf, dann sieht sie wieder den Leichnam vor sich und den weinenden Ragusa. Der Ton seiner Klage hängt ihr immer noch im Ohr, er mischt sich mit Elviras Kichern und den Schreien des Neugeborenen, aber kann Elvira wirklich im Hotel gewesen sein? Wer soll sie geholt oder hineingelassen haben? War sie ohnmächtig, hat sie geträumt?

Blandine hustet, ihr Atem geht wieder schneller, sie hat das Gefühl, ihre Kleider, ihre Schuhe, alles ist zu eng, sie muss sie sich vom Körper reißen, um atmen zu können, die geschnürten Lederstiefeletten, die eng geknöpfte Weste über der Bluse und der schmale Rock, die sie einzwängen. Die Nähe der Gräfin ist ihr unerträglich, nur die Hand der Mutter liegt angenehm kühl auf ihrem Arm. Sie schließt die Augen, nur einen Moment lang, wie ihr scheint, aber als sie sie öffnet, ist die Kutsche mit einem Ruck zum Stehen gekommen, und sie sieht die Villa ai Porazzi, als der Kutscher die Tür öffnet. Beinahe stolpert sie, als sie aus der Kutsche steigt. Gewohnt majestätisch verabschiedet sich die Gräfin von ihnen und gibt der Mutter dann genaue Anweisungen für den Abend.

»Wir fahren nicht zu früh, ich lasse die Kutsche gegen zehn Uhr schicken. Meine Schneiderin kommt am Nachmittag noch einmal – sie soll dann auch zu Ihnen, um die letzten Änderungen vorzunehmen.« Ihre Stimme klingt fest, es sind die unerlässlichen Alltäglichkeiten, die erledigt werden müssen, das Leben, der Karneval, alles geht weiter, kümmert sich nicht um die Tote im Hotel des Palmes.

Am Abend hat Blandine sich so weit beruhigt, dass sie mit den Schwestern zum Ball gehen kann. Mama hat am Nachmittag an ihrem Bett gesessen und ihr die vom Weinen geröteten Augen gekühlt. Sie war zuvor in einen unruhigen Schlaf gefallen und erwacht, als Mama und Papa an ihrem Bett standen. Die Augen hielt sie geschlossen, als sie hörte, wie die Mutter etwas von Jungmädchen-Empfindsamkeit flüsterte und dass es Zeit würde für sie, bevor diese Empfindsamkeit in die Hysterie der alten Jungfer umschlage.

»Sei nicht so streng mit ihr«, hatte Papa geantwortet und nach einer kurzen Pause gesagt: »Aber natürlich hast du recht – es wird Zeit für unsere Boni, höchste Zeit. Und für uns, allein durch die Welt zu wandern. Denk nur, Ceylon, Madeira, wir folgen der Sonne ... nur wir beide, und du gehörst mir allein, ganz allein ...« Leise war er aus dem Zimmer gegangen, und kurz darauf hatte Blandine die Augen aufgeschlagen.

Als sie nun in der Kutsche sitzen, ist die Übelkeit immer noch da. Sie schaut Loldi an, die ihre Zopffrisur durchgesetzt hat, wie üblich hat sie nicht aufgegeben und die Unruhe genutzt, um genau das zu bekommen, was sie haben will. Jetzt steht das kunstvoll geflochtene Haar im Gegensatz zu dem schlichten, grauen Kleid, aber Loldi strahlt trotzdem und überhäuft Gräfin Tasca mit Fragen, die diese herablassend-gelangweilt beantwortet.

Alle Vorfreude, alle Spannung, ob Gravina da sein wird, ist bei Blandine verflogen, ihre Gedanken sind bei der Toten im Hotel des Palmes. Sie verliert die Orientierung, auch weil der Kutscher einen Umweg wählt, um dem tanzenden Volk auf den Straßen auszuweichen, und als die Kutsche vor einem großen, hell erleuchteten Palazzo stehen bleibt, hat sie keine Ahnung, wo sie sind. Müde steigt sie mit der Gräfin und den Schwestern die breite Treppe hoch, an deren Ende Fürst und Fürstin Filangeri stehen und sie mustern. Blandine ist froh, dass der Blick der Fürstin gelangweilt über sie hinweggleitet und länger an Isolde und Daniela hängenbleibt.

Dann tauschen sie und die Gräfin Tasca ein paar Sätze auf Sizilianisch, die Blandine nicht versteht, bis hinter ihnen eine Unruhe entsteht und die Gräfin sie weiterschiebt. Auf der großen Freitreppe sind jetzt Tina Scalia und Joseph Whitaker zu sehen, gefolgt von Madame Scalia sowie zwei Frauen und einem Mann, die Blandine nicht kennt. Keiner von ihnen ist kostümiert, aber alle tragen große Garderobe.

Blandine ist von Tinas Kleid so fasziniert, dass sie ihren Gruß erst verzögert erwidert: Das muss das Ballkleid von Worth aus London sein, über das Mutter und Tochter in den vergangenen Monaten oft gesprochen haben – schwere, dunkelgrüne Seide, die im Licht der Kerzen und Lüster wunderbar schimmert, das aufwendige Dekolleté ist mit unzähligen Perlen besetzt, dazu trägt Tina funkelnde Smaragdohrringe. Sie strahlt, und ihr blondes Haar, das kunstvoll aufgesteckt ist, leuchtet gegen das Dunkelgrün des Kleides.

Trotz der missglückten Begrüßung kommt Tina jetzt auf sie zu und stellt ihr Joseph Whitaker als »Pip« vor. Er ist klein, kleiner als Tina, aber wie selbstverständlich steht er neben ihr mit hellen Augen, rotblonden Haaren und Backenbart. Obwohl ihn sein Aussehen von den anderen Männern im Raum unterscheidet, wirkt er nicht fremd in der Umgebung. Jetzt verbeugt er sich vor ihr, sagt, dass er viel von ihr gehört habe und sich freue, sie kennenzulernen. Dann werden sie abgelenkt, eine Dame zieht Tina am Arm, ein als Pirat verkleideter Herr umarmt Pip, alle gratulieren zur Verlobung, die Stadtgespräch ist.

Blandine geht weiter in den nächsten Salon – auch hier gibt es Fresken an den Decken, Majoliken auf den Fußböden,

Murano-Lüster, Spiegel, unzählige Kerzen und überall Blumen, Blumen, die Blandine an die Blumen am Totenbett der Marchesa erinnern. Sie schaut in die Gesichter der Menschen um sie herum und sucht vergebens nach Spuren der Trauer um die Verstorbene. Die meisten Ballbesucher sind kostümiert – Orientalinnen, Rumäninnen, Männer mit goldenen und silbernen Masken, mit exotischen Uniformen –, und da ist die Übelkeit wieder, ihr wird schwindelig, und sie muss sich kurz an die Wand lehnen. Wieder sieht sie das maskenhafte Gesicht der toten Marchesa vor sich.

Suchend dreht Blandine sich nach ihren Schwestern und der Gräfin Tasca um. Daniela und Isolde sind so gefangen von dem Treiben um sie herum, dass sie sie nicht bemerken. Sie sieht Isoldes Begeisterung, die kindliche Freude in ihren Augen über all den Glanz, der ihr Verheißung ist. Und sie sieht, dass Daniela angespannt ist und sich immer wieder der Gräfin Tasca zuwendet, die ihr unauffällig Leute zeigt und Instruktionen gibt. Plötzlich ärgert sich Blandine, nicht zuhause geblieben zu sein. Was soll sie hier? Immer mehr kommt ihr Biagio Gravina auch wie ein Toter vor oder vielleicht eine Chimäre – hat es ihn je gegeben?

Unbemerkt lässt sie ihre Schwestern mit der Gräfin weitergehen und streift allein durch die weitläufigen Salons, alle festlich erleuchtet, alle geschmückt, alle voller herausgeputzter Menschen. Der Palazzo erscheint ihr riesig, die Salons und Säle nehmen gar kein Ende, und sie hat Isolde, Daniela und die Gräfin Tasca schnell aus den Augen verloren.

Wie lange sie sich hat treiben lassen, als sie auf ihn trifft, weiß sie später nicht mehr. Vielleicht waren es nur ein paar

Minuten oder auch eine ganze Stunde, und als er vor ihr steht, erkennt sie ihn nicht gleich, obwohl sie sofort weiß, wer er ist. Biagio Gravina ist kleiner, als sie ihn in Erinnerung hat, gerade mal so groß wie sie. Und sein Blick ist nicht traurig, seine Augen glänzen, er verbeugt sich, küsst ihr die Hand und fängt an zu reden, als würde er ein Gespräch fortsetzen, das eben erst unterbrochen wurde.

»Mademoiselle Blandine, zum Glück habe ich Sie gefunden! Ich hatte Sorge, Sie würden nicht kommen, unsere provinziellen Feierlichkeiten könnten Sie langweilen! Und ich hatte keine andere Möglichkeit, Sie wiederzusehen. Haben Sie meine Briefe bekommen?«

So oft hat sie sich diesen Moment vorgestellt, dass sie nun beinahe enttäuscht ist, als er eintritt. Sie weiß nicht, was sie sagen soll, aber es macht nichts, denn er wartet keine Antwort ab und redet weiter.

»Gestern bin ich zurückgekommen nach Palermo – wie habe ich diesen Moment herbeigesehnt!«

Hier stockt er einen Moment, spricht dann aber schnell weiter: »Und wie habe ich mir gewünscht, eine Antwort von Ihnen vorzufinden, ein Zeichen! Aber dann sagte man mir, dass Sie nicht länger im Hotel des Palmes logieren, dass Sie aus der Stadt gezogen sind. Vielleicht haben Sie meine Briefe gar nicht bekommen, oder Sie haben die Freiheit, die ich mir genommen habe, als ich Ihnen schrieb, nicht goutiert.«

Jetzt hält er erwartungsvoll inne und schaut sie an. Da erst spürt sie so etwas wie Freude über die Begegnung, er gefällt ihr immer noch, ihr gefällt die Dringlichkeit, mit der er redet, die Bedeutung, die sie vielleicht für ihn hat. Ja, sie habe die Briefe durch Zufall erhalten, sagt sie stockend, habe aber nicht antworten können.

»Nun haben wir uns ja wiedergetroffen«, sagt sie leise und blickt zu Boden. Als er nach ihrer Hand greift, sieht sie wieder seine kleinen Hände, die ihr schon zu Silvester aufgefallen sind. Er fragt nach ihrem *carnet,* er will mit ihr tanzen, und ihr fällt ein, dass die Gräfin Tasca sowohl ihres als auch die ihrer Schwestern hat. Biagio Gravina lacht. »Das ist egal, jetzt, wo ich Sie gefunden habe. Kommen Sie, tanzen wir.«

Damit zieht er sie in den Ballsaal, in dem soeben der Tanz begonnen hat. Er ist ein guter Tänzer, seine Bewegungen sind geschmeidig und elegant, leicht und doch bestimmt liegt sein Arm um ihre Taille, es ist ein Walzer, und sie drehen und drehen sich. Als der Tanz zu Ende geht, sieht sie die Gräfin Tasca, die ihr aufgeregt zuwinkt. Biagio Gravina führt sie hin, verbeugt sich und wechselt ein paar Worte mit ihr. Sie scheinen sich zu kennen, glaubt Blandine dem Wortwechsel zu entnehmen, die Gräfin ist freundlich und sagt schließlich auf Französisch, Blandines *carnet* sei eigentlich voll, aber hier und dort sei noch ein Tanz frei, wenn Graf Gravina sich bereithalten wolle. Will er, er wartet den ganzen Abend und tanzt jeden freien Tanz mit ihr und lässt sie zwischendurch nicht aus den Augen. Als sie zum Diner gehen, spricht er kurz mit der Gräfin Tasca und entschuldigt sich dann. Sie sitzen an einem Tisch mit der Gräfin Mazzarini – verkleidet als Marie Antoinette mit gepuderter Perücke und großer Ballgarderobe, die einem berühmten Porträt der Kaiserin nachgeschneidert wurde, wie die Gräfin ihnen erzählt. Nach dieser Erläuterung schaut sie Blandine und ihre Schwestern erwartungsvoll an und will wissen, mit wem sie getanzt haben. Auf den Namen Gravina, den Blandine beiläufig erwähnt, reagiert sie gar nicht, sondern beschäftigt sich mit dem leuchtend orangefarbenen Hummerfleisch auf ihrem Teller.

Bei der ersten Gelegenheit entschuldigt sich Blandine und steht auf, sie geht zu dem Buffet mit den Nachspeisen, sie weiß, dass er dort auf sie wartet, obwohl sie nicht darüber gesprochen haben. Und tatsächlich, genau dort steht er und lächelt sie an.

»Ich muss jetzt gehen, verzeihen Sie. Aber morgen Abend sehen wir uns auf dem Ball, nicht wahr? Und dann tanzen Sie nur mit mir?« Er drückt ihr einen Kuss auf die Wange und ist verschwunden.

Isolde und Daniela haben nichts bemerkt, und am nächsten Tag dreht sich das Gespräch in der Villa ai Porazzi um die Tanzherren der Schwestern und all die Kostümierungen, an die Isolde sich erinnert und die sie zuhause ausprobieren möchte. Die Gräfin Tasca holt Mama zu einem Spaziergang ab, und danach kommt Donna Cosima zu Blandine, die in ihrem Zimmer an dem kleinen Schreibtisch einen Brief schreibt.

»Kind, hattest denn auch du einen schönen Abend gestern? Du bist so still gewesen nach dem Besuch im Hotel, und die Gräfin Tasca sagt, dass du den Ball gar nicht hast genießen können.« Die Mutter streicht ihr über das Haar, und Blandine spürt ihren prüfenden Blick. Was hat die Gräfin Tasca ihr erzählt?

»Nein, nein, es war ein schöner Abend, ich war nur nicht in der Stimmung für einen Maskenball …«, murmelt sie und spürt, wie sie rot wird. Diese Röte verrät sie immer, sie ärgert sich darüber, sie weiß, dass ihre Mutter es bemerkt.

»Du hast mehrmals mit einem Grafen Gravina getanzt, nicht wahr?«, fragt diese jetzt wie beiläufig. Blandine sieht, dass Tinte vom Füllfederhalter auf ihren Brief getropft ist, ein kleiner Fleck, der sich langsam ausbreitet. Sie legt den Füller zur Seite und steht auf. Als sie zum Fenster geht, folgt ihr die Mutter.

»Ja, er ist ein guter Tänzer«, sagt sie knapp.

»Du kanntest ihn schon?« Mama legt ihr von hinten die Hand auf die Schulter, aber Blandine dreht sich nicht um. »Ich habe mich wieder daran erinnert, dass sein Name auch nach dem Silvesterball fiel, die Gräfin Mazzarini hat ihn erwähnt. Er ist beim Militär.«

»Ja, da wurde er mir vorgestellt.« Blandine schaut weiter aus dem Fenster.

»Er kommt aus einer angesehenen Familie, sagt die Gräfin Tasca. Und scheint ein angenehmer Mensch zu sein, oder irre ich mich?«

»Ja«, sagt sie zögernd und weiß nicht, ob sie ihrer Mutter von den beiden Briefen erzählen müsste. Jetzt wäre die Gelegenheit dazu. Während sie noch überlegt, hört sie Fidi nach der Mutter rufen, und die geht schnell aus dem Zimmer, bevor Blandine etwas sagen kann. Unschlüssig bleibt sie am Fenster stehen, bis ihr der angefangene Brief wieder einfällt und sie langsam zurück zum Schreibtisch geht.

Wenn sie später an diese Karnevalstage in Palermo zurückdenkt, fällt es ihr schwer, die Bälle auseinanderzuhalten. Jeden Abend findet einer statt, und die Gastgeber überbieten sich gegenseitig mit ihren aufwendig geschmückten, hell erleuchteten Palazzi und den üppigen Buffets. Viele der Geladenen besuchen so wie sie jeden Abend einen anderen Ball, und Blandine erkennt einige Damen wieder, die sich immer neu kostümieren. Den zweiten Ball erinnert sie als den »Ball der Tiere«, weil die Diener zahme Papageien und Affen auf den Schultern tragen, deren Gekreisch und Geschnatter sich mit dem Gelächter und den Gesprächen der Besucher mischt. Die Affen tragen rote und blaue Uniformen und kleine Hütchen, die sich manche vom Kopf zu reißen versuchen. Im Innenhof steht an eine lange eiserne Kette gebunden ein Kamel, das missmutig die Zähne bleckt und die ankommenden Gäste anzischt. Auf ihm hockt ein kleiner Junge in orientalischen Gewändern, er sieht exotisch aus, und die Gräfin Tasca erklärt ihnen, dass es der Sohn eines libyschen Fürsten sei und der Spielgefährte der Kinder des Hausherrn. Isolde kann sich gar nicht von dem Kamel und seinem Reiter lösen, und Daniela gibt ihr irgendwann einen kleinen Schubs, damit sie endlich die Treppe hinaufsteigt, an deren Ende die Gastgeber warten. Wieder wollte Mama nicht mitkommen – hinterher ärgert sie sich, denn ihr haben schon die zahmen Affen im Hotel des Palmes so gefallen.

Diesmal taucht Gravina sofort nach ihrer Ankunft auf, er verbeugt sich vor der Gräfin Tasca, begrüßt ihre Schwestern und bittet Blandine um ihr *carnet,* mit dem er sich rasch entfernt. Fünf Minuten später kommt er wieder und drückt es ihr in die Hand. Als sie es öffnen will, schüttelt er kaum merklich den Kopf und zwinkert ihr zu. Als die Gräfin sie danach fragt und das kleine Heft aufschlägt, sieht sie sie erstaunt an.

»Du hast ja schon alle Tänze vergeben – ich war wohl abgelenkt, all die schnatternden Affen und Papageien – und oh, sieh mal da drüben, der arme Diener, sein Papagei hat ihm die schöne Uniform verschmutzt ...« Ihre Worte gehen in Isoldes Gelächter unter, die sich über den Diener amüsiert, der verzweifelt versucht, möglichst unauffällig den Vogeldreck von seiner Schulter zu entfernen. Blandine tut er leid – wie ihr auch das Kamel leidtut und der kleine Junge, obwohl der siegessicher gegrinst hat und offensichtlich stolz auf seinen Posten hoch oben zwischen den Höckern des Kamels war. Als sie in ihr Heft schaut, sieht sie, dass die Gräfin recht hat – wirklich sind alle Tänze vergeben. Dreimal taucht der Name Biagio Gravina auf, das erste Mal gleich beim ersten Tanz. Blandine erkennt die schnörkelige Signatur. Die anderen Namen sagen ihr nichts.

»Nun gut«, sagt die Gräfin, »damit müssen die anderen Herren leben.« Sie zeigt das Heft mehreren jungen Männern, die enttäuscht weggehen.

Blandine ist nervös, und ihr Herzklopfen legt sich erst, als der Tanz beginnt – da ist es schon spät, man ist durch die unendlich scheinenden Fluchten der Salons des prächtigen Palazzo gewandelt, hat die Räumlichkeiten bewundert und die Garderobe und Kostümierungen der Damen. Isolde hat Tränen in den Augen, weil sie wieder nur ein schlichtes Kleid trägt und die Mutter ihr sogar die Gretchen-Frisur verboten hat. »Wir sind unsichtbar in diesen biederen Kleidern«, beschwert sie sich bei der Gräfin Tasca, »sehen Sie mal, dieses

Kostüm da drüben, ist das eine Marie Antoinette? Und der Herr Ludwig XVI.? Und da – ein Pirat! Wenn ich morgen kein Kostüm bekomme, bleibe ich zuhause!«

Als Gravina sich vor ihr verbeugt und sie zu tanzen beginnen, vergisst Blandine den Unmut der kleinen Schwester.

»Ich hoffe, es ist Ihnen recht, nur mit mir zu tanzen, Mademoiselle Blandine«, sagt er dann. »Die anderen Namen in Ihrem *carnet* sind die meiner Freunde, die mir als Platzhalter dienen, damit ich Sie heute Abend mit niemandem teilen muss.«

Es ist ihr recht – natürlich ist es ihr recht. Wie lange tanzen sie? Zwei Stunden, drei Stunden? Gravina beherrscht jeden Tanz perfekt und führt sie sicher und mit einer eleganten Leichtigkeit. Während sie sonst auf einem Ball den Wechsel der Tanzherren als anstrengend empfindet und vor allem nicht gern mit denen tanzt, die unsicher sind oder eingeschüchtert schweigen, freut sie sich jetzt über jedes neue Stück und über jeden neuen Tanz. Bald schon nimmt sie nichts mehr um sich herum wahr, sie sieht nur Gravina, riecht den leichten Tabakduft, in den sich der Geruch seines Rasierwassers mischt, und hört seine leise, angenehme Stimme, die erzählt und erzählt. Wie er sie vermisst und an sie gedacht hat. Was er ihr alles zeigen möchte und dass sie seine Heimat kennenlernen soll, diese Heimat, in der seine Familie seit Jahrhunderten lebt, mit der sie seit Jahrhunderten eng verwoben ist. Er spricht vom *Königreich beider Sizilien*, von Ministern, Staatssekretären, Senatoren, Ratspräsidenten und vielen anderen Ämtern, die seine Vorfahren in jenem Königreich über die Jahrhunderte innehatten, von Fürstentümern, Baronien, Markgrafschaften, die Zweigen seiner Familie gehören, und von Ramacca zu Füßen des Ätna, woher er stammt.

Blandine überlegt, über welchen Ort sie reden würde, wenn er nach ihrer Heimat, nach ihrer Herkunft fragt – Berlin, Tribschen in der Schweiz, Bayreuth? Auch Paris, die Geburtsstadt ihrer Mutter, kennt sie kaum, besser noch Dresden, woher ihr leiblicher Vater stammt, weil sie dort auf das Internat gegangen ist, aber zur Familie des Vaters hat sie wenig Verbindung. Sie weiß es nicht – und er fragt nicht, so versunken ist er in seine Ausführungen, die eigene Verortung auf dieser Insel, diesem Sizilien, das ihm alles ist. So etwas wie Neid durchfährt Blandine, Neid und Bewunderung, weil Gravina jetzt plötzlich von einem seiner Vorfahren aus dem dreizehnten Jahrhundert spricht, der Großes auf Sizilien bewirkt hat. Sie wird sich immer daran erinnern, wie sein Wissen um die Traditionen und die Geschichte seiner Heimat sie an diesem Abend fasziniert haben. Er ist stolz darauf, Sizilianer zu sein, stolz auf seine Familie. Erst später wird ihr klar, dass sich in den Stolz Trotz mischt, Trotz und das ewige Gefühl des Zu-kurz-gekommen-Seins des Zweitgeborenen in einer Welt, in der allein der Älteste zählt.

»Morgen Abend müssen Sie mir von sich erzählen, Mademoiselle«, sagt er zum Abschied, »ich rede zu viel, aber Sie sollen alles, alles von mir wissen!« Seine grünlichen Augen strahlen, es ist eine Farbe, wie sie sie noch nie gesehen hat. Auf der Rückfahrt ist Gravina dann doch das Hauptgesprächsthema, die Gräfin Tasca äußert sich wohlwollend über ihn und belächelt den »Betrug« mit Blandines Tanzheft. Isolde und Daniela necken sie und fragen sie aus, aber Blandine ist müde, es ist beinahe fünf Uhr, sie will einfach nur schlafen und beantwortet die vielen Fragen einsilbig. Die Fahrt nimmt kein Ende, immer noch tanzt das Volk durch die Straßen, es torkelt, schreit und brüllt, und Blandine sieht Schlägereien, verzerrte Gesichter, zerrissene Kostüme, Männer mit Kurtisanen im Arm. Sie atmet auf, als sie das Stadttor passieren und der Spuk mit einem Mal vorbei ist.

Am nächsten Tag rechnet sie damit, dass die Mutter sie ausfragt, aber diese sagt nichts und fragt auch nichts, und Isoldes Schilderung des Kamels und des Papageien und seines Drecks auf der Schulter des Dieners amüsieren Fidi und Papa so, dass darüber alles andere in Vergessenheit gerät – auch weil Mama beschließt, sie an diesem Abend zu begleiten, und mit ihrer Garderobe beschäftigt ist. Es ist der Ball des Fürsten Gangi, natürlich dürfen sie da nicht fehlen, da er ihnen so freundlich sein Haus zur Verfügung gestellt hat – aber Papa will trotzdem nicht mitkommen.

Es ist der Karnevalssonntag, und wieder erwartet sie ein erleuchteter, geschmückter Palazzo, wieder ein überbordendes Buffet, wieder kostümierte Damen und Herren – und Isolde, die genau beobachtet, weist sie darauf hin, wer gestern wie verkleidet war, dass jener Herr auch gestern diese Maske trug und diese Dame nur die Schleifen ausgetauscht, Weste und Schärpe über demselben Kleid trägt und die Frisur verändert hat, um aus einer französischen Hofdame eine russische Bojarin zu machen.

Blandine hat den Tag verwartet, sie hat die Stunden gezählt bis zum Ball, und kurz vorher bekommt sie plötzlich Angst, dass Gravina nicht da ist, so plötzlich verschwindet, wie er aufgetaucht ist. Sie ist nervös, und mehrmals fragt die Mutter sie, ob alles in Ordnung sei, sie sei so blass.

Aber dann ist er da, er begrüßt wie selbstverständlich Mama und die beiden Schwestern und zieht Blandine dann bei der ersten Gelegenheit in einen der kleineren Salons, in dem nur Erfrischungen stehen und wenig Gäste sind. Unter einem angelaufenen Spiegel steht eine mit schwerem, dunkelrotem Brokatstoff bezogene Holzbank, auf die sie sich setzen. Er greift nach ihrer rechten Hand und blickt ihr in die Augen.

»Mademoiselle Blandine, wann sehen wir uns wieder?«

»Schon morgen«, sagt sie und überlegt, ob sie ihre Hand wegziehen soll. Sie schaut auf seine schmale, kleine Hand, die sich trocken und kühl anfühlt.

»Ja, auf dem Ball, ich weiß ... aber danach? Und haben wir keine anderen Möglichkeiten? Warum sind Sie bloß aus dem Hotel ausgezogen, es wäre so viel leichter, Sie dort oder irgendwo in der Nähe zu treffen!«

»Ich hätte auch dort nicht einfach unbemerkt irgendwohin gehen können«, sagt sie verwirrt.

»Nein, um Himmels willen, das wollte ich nicht andeuten, verzeihen Sie mir. Aber ich muss Sie wiedersehen, ich muss mir etwas ausdenken!«

Da ist wieder dieser dringliche Ton, der sie erschreckt und zugleich freut. Jetzt beugt er sich über ihre Hand und küsst sie. Dann hebt er den Kopf und schaut sie ernst an. »Und wie lange werden Sie in Palermo bleiben? In den Salons redet man davon, dass der Maestro bereits seine Abreise plant.«

»Ich weiß es nicht, ich weiß es wirklich nicht. Vielleicht bleiben wir noch bis zum Osterfest hier, aber sicher bin ich nicht.«

»Ostern – das ist nicht mehr lang, und in ein paar Tagen beginnt die Fastenzeit. Keine Bälle mehr, keine Diners ...« Jetzt schwingt eine Art Verzweiflung in seiner Stimme mit, und Blandine schaut unruhig auf die Tür des kleinen Salons.

»Vielleicht ... vielleicht sollten wir uns im Tanzsaal blicken lassen«, sagt sie vorsichtig. »Man könnte unsere Abwesenheit bemerken.«

»Sie haben recht.« Er steht auf und sagt dann ernst, beinahe feierlich: »Aber ich werde einen Weg finden, Mademoiselle Blandine, das verspreche ich Ihnen. Wenn Sie einverstanden sind, finde ich einen Weg.«

Sie ist auch aufgestanden, und jetzt macht er einen Schritt auf sie zu, beugt sich zu ihr und küsst sie auf den Mund. Seine Lippen sind weich, sie schmecken fremd, nach Wein und Tabak, und sie erstarrt einen Augenblick lang, bis er sich von ihr löst und vor ihr her in den großen Ballsaal geht. Sie tanzen noch zwei Tänze miteinander, bevor zum Essen geläutet wird. Sein Arm um ihre Taille brennt wie Feuer, und sie weicht seinem Blick aus. Immer noch spürt sie seinen Kuss auf ihren Lippen, sie schämt sich dafür und wünscht sich gleichzeitig nichts mehr, als dass er sie noch einmal küsst.

Zum Diner trennen sie sich, Blandine isst am Tisch der Fürstinnen Filangeri und Butera gemeinsam mit Mama und den beiden Schwestern – und niemand scheint ihre Abwesenheit bemerkt zu haben. Und auch jetzt fällt niemandem auf, dass sie sich nicht an der Unterhaltung beteiligt, dass sie in Gedanken ganz woanders ist.

Weil Mama über Kopfschmerzen klagt, verabschieden sie sich kurze Zeit später. Blandine schaut sich um, sieht aber Biagio Gravina nirgends.

»Was ist – nun komm schon, Mama geht es nicht gut!« Daniela zieht sie ungeduldig am Arm.

»Ich ... warte einen Moment, ich will mich noch von Tina und Madame Scalia verabschieden, ich glaube, sie sind im Salon, in dem man das Dessertbuffet aufgebaut hat.«

»Aber beeil dich, Blandine, ja?«

Schnell geht Blandine durch die Räume und schaut sich suchend um, bis sie Gravina sieht: Er steht mit einer Gruppe junger Männer rauchend in einem der kleineren Salons. Sie hört lautes Gelächter, zögert einen Moment, dreht sich um und geht mit klopfendem Herzen davon.

Ihr Herz klopft immer noch heftig, als sie zuhause ankommen und sie ins Bett geht. Daniela hat mit einem Sohn des Fürsten Palagonia getanzt und einem Marchese di Cruillas, sie erzählt von der Uniform des Grafen Belmonte e Cugno, und dann schläft sie ein, bevor sie die Einsilbigkeit der Schwester bemerken kann. Blandine liegt noch lange wach, sie fühlt den Druck seiner Lippen auf ihren, und in der Dunkelheit des Schlafzimmers tastet sie nach ihrem Mund und streicht vorsichtig darüber. Sie denkt an den bevorstehenden Ball, den letzten, fieberhaft überlegt sie, wo sie Gravina danach sehen könnte, wann sie abreisen, wie viel Zeit ihr bleibt. Die drohende Abreise kommt ihr wie ein Ende vor, sie kann sich nicht vorstellen, was danach ist, alle Gedanken reichen nur bis zu diesem Punkt, und erst als es draußen längst dämmert, fällt sie in einen kurzen, unruhigen Schlaf.

Beim Frühstück sieht sie die geröteten Augen der Mutter und die Ringe unter den Augen des Vaters. Der Tag vergeht still, Fidi steht gar nicht auf, sondern bleibt im Bett, Mama und Papa ziehen sich immer wieder zurück, und Blandine zählt die Stunden bis zum Abend, die zäh verrinnen. Beim Nachmittagstee berichtet Mama dann doch vom Ball und von den Kostümen, was Papa ein wenig aufheitert. Er konnte nicht schlafen, hatte unter seinen Brustkrämpfen zu leiden und wach gelegen, bis sie zurückgekommen sind. Als Isolde von dem Tanzsaal und dem Buffet zu erzählen beginnt, unterbricht Mama sie, sie will mit Papa spazieren gehen. Blandine ist froh, sie zieht sich in ihr Zimmer zurück und setzt sich an den kleinen Frisiertisch.

Lange schaut sie in den Spiegel und versucht zu sehen, was Gravina in ihr sieht. Auch sie hat Ringe unter den Augen, die längst nicht so blau leuchten, wie er behauptet. Ihr kommen sie vielmehr hell und farblos vor – besonders hier, wo die Farben intensiver sind als anderswo, wo Himmel und Meer manchmal wirklich blau leuchten. Ebenso ihr Haar, das aschblond ist, dazu die blasse Haut, das schmale Gesicht ...

Sie dreht sich zur Seite und betrachtet sich im Profil. Ihre Nase hat ihr immer gefallen, sie ist nicht zu lang und nicht zu kurz, gerade und weich abgerundet. Trotzdem sieht sie im Spiegel nicht die Schönheit, die Gravina gestern Abend bewundert hat und an die er Tag und Nacht denkt, wie er sagt. Sie hat sich die Frauen und Mädchen auf den Bällen genau angeschaut, und einige von ihnen sind von einer Schönheit, die den Betrachter anspringt, sie sind so exotisch wie die Blumen im Botanischen Garten, man kann sie nicht übersehen und muss sie bewundern. Sie betrachtet wieder ihr Spiegelbild. Dagegen sieht sie aus wie ein Gänseblümchen, hübsch und gewöhnlich.

Blandine hat sich Gravinas Komplimente schweigend angehört, dann hat sie das Thema gewechselt. Obwohl sie ihm nicht recht glaubt, freut sie sich jetzt über seine Worte. Sie steht auf und sucht nach ihrem Stickrahmen. Heute Abend beim Ball will er ihr sagen, wie und wo sie sich wiedersehen können, wenn die Fastenzeit beginnt. Und wer ihr seine Briefe bringt und ihre abholt. Sie hat ihm zugesagt, dass sie schreiben wird. Unruhig beginnt sie zu sticken. Es muss schon bald sechs Uhr sein, nur noch ein paar Stunden …

Beim Abendessen ist die Stimmung immer noch angespannt. Papa schmeckt das Essen nicht, die *escalopes milanaises* sind zu schwer für seinen Magen, wieder ist zu viel Käse für die Panade verwendet worden. Als Mama den Ball am Abend erwähnt, guckt Papa sie erstaunt an und schweigt. Lähmend legt sich dieses Schweigen über den Tisch. Isoldes Gabel kratzt mit einem kreischenden Geräusch über den Teller, und wie um davon abzulenken, beginnt sie, von dem Ball zu plappern. Mama versucht, sie mit Blicken zum Schweigen zu bringen, aber Loldi redet weiter, bis Papa sie unterbricht.

»Zum vierten Mal hintereinander! Was soll diese Raserei? Was sind das für Mädchen, die sich jeden Abend vergnügen und nie genug bekommen?«

Isolde wird blass, sie springt auf.

»Es ist Karneval – alle gehen hier auf vier oder fünf, manche gar auf sechs Bälle. Das ist vollkommen normal, und heute Abend ist das glänzendste, das schönste, das wichtigste Fest …«

»Es ist mir egal, was die anderen tun, eine solche Vergnügungssucht dulde ich nicht!« Papas Stimme ist leise, aber entschieden. Isolde stürmt aus dem Zimmer und wirft die Tür hinter sich zu. Mama legt die Hand beruhigend auf Papas Arm. »Du hast recht – es ist eine Raserei und vielleicht für die Mädchen nicht gut.« Sie wirft Daniela und Blandine vielsagende Blicke zu. Daniela lenkt sofort ein: »Aber natürlich, Papa, und eigentlich ist ein Ball wie der andere.« Sie schaut resigniert auf ihren Teller.

Blandine ist wie gelähmt. Sie wird nicht auf das Fest gehen. Sie wird Biagio Gravina nicht treffen. Was wird er denken? Wie lange wird er auf sie warten, nach ihr suchen? Sie wird ihn nie wiedersehen. Sie spürt, wie ihr die Tränen in die Augen steigen. Mit aller Macht versucht sie, sie zu unterdrücken, aber es will nicht gelingen. Schnell steckt sie einen Bissen Fleisch in den Mund, täuscht einen Hustenanfall vor, entschuldigt sich und läuft aus dem Zimmer.

12
Aschermittwoch

22. Februar 1882

In der Nacht kommt das Fieber. Blandine ist nach dem Abendbrot in ihrem Zimmer geblieben und früh zu Bett gegangen. Als erst Daniela und dann Mama nach ihr schauten, hat sie etwas von Kopfschmerzen gemurmelt und sich bemüht, die Tränen zu verbergen. Als später Loldi an ihr Bett tritt, stellt sie sich schlafend. Irgendwann wird das Schluchzen immer heftiger, in die Enttäuschung mischen sich Trauer und Ohnmacht, dann Wut. Sie spürt, dass die Augen anschwellen, sie jucken, und wütend reibt sie mit dem Handrücken darüber – sie weiß, dass sie morgen so geschwollen sein werden, dass sie kaum ihr Zimmer verlassen kann, aber sie kann die Tränen nicht aufhalten, sie weint und weint. Dann wird ihr kalt, sie friert, dass es sie schüttelt, danach wird ihr heiß, sie glüht und schwitzt und spürt, dass ihr Nachthemd feucht ist. Irgendwann muss sie eingeschlafen sein, als sie hochschreckt, liegt Daniela schlafend neben ihr – das glaubt sie jedenfalls, nimmt es aber schon nicht mehr richtig wahr. Als sie das nächste Mal aufwacht, steht die Mutter mit Dr. Berlin an ihrem Bett, und Blandine klappert mit den Zähnen, sosehr sie auch versucht, die Lippen zusammenzupressen. Bruchstücke der Unterhaltung dringen an ihr Ohr – die Mutter ist aufgeregt, Dr. Berlin besorgt. »Umschläge ... unnötige Erregung ... Ruhe ...«

»Das Fieber muss gesenkt werden ... Keine zu heißen oder kalten Speisen.«

Die nächsten Tage vergehen zwischen Wachen und Schlafen, und immer wenn sie aufwacht, sitzen Daniela oder die Mutter an ihrem Bett und halten ihre Hand oder kühlen ihr die Stirn und die Augen mit einem Tuch. Im Schlaf sieht sie das Karnevalsvolk, es tanzt, sie sieht Masken, manchmal irrt sie durch die Gassen, drängt sich durch die kostümierten Gestalten, die schreien und taumeln wie spät in der Nacht, sie sucht und sucht, dann taucht Elvira vor ihr auf oder Lucia Salvo in ihrem Totengewand. Sie schreit und schreckt hoch, und Daniela flößt ihr warmen Tee ein, sie schaut nach draußen und sieht Hagel, später Schnee, der Himmel ist von einem schweren Grau, dann schläft sie weiter und setzt die Suche fort, sie irrt durch den Favorita-Park, das Labyrinth aus Hecken, die immer dichter werden und sie einzuschließen scheinen, von fern hört sie Enrico Ragusas Stimme, er lacht und ruft, aber sie sieht nur das undurchdringliche Grün der Hecke, außerdem sucht sie nicht Ragusa, nicht ihn, aber Biagio Gravina ist in all diesen Träumen wie vom Erdboden verschluckt, sie findet ihn nicht, und die anderen Gesichter – vertraute und fremde, maskierte und von Ruß geschwärzte oder von der Sonne verbrannte – erschrecken sie.

Als sie zu sich kommt, weiß sie nicht, wie viele Tage vergangen sind – ihr kommt es so vor, als wäre sie für lange Zeit weg gewesen, als wäre sie von weit her zurückgekommen.

»Es ist Mittwoch, Kleines, du hast eine Nacht und einen Tag geschlafen«, sagt Mama, die an ihrem Bett sitzt und ihre Wange streichelt. »Und jetzt wird es besser, das Fieber ist gesunken.« Als Blandine aufstehen will, stützt sie die Mutter, sie fühlt sich schwach wie nach langer, schwerer Krankheit. Die Gedanken an Biagio Gravina und den verpassten Ball sind verblasst, und in den nächsten Tagen ist beides nur mehr eine ferne Erinnerung. Sie kommt zu Kräften, die Köchin kocht ihr Suppen und stärkende Breie, die scheußlich schmecken und die sie unter dem Gelächter der jüngeren Geschwister mit Todesverachtung isst. Auch das Wetter wird besser, es ist nach den Tagen des Unwetters jetzt frühlingshaft mild.

Mit Daniela und der Mutter geht sie mehrmals am Tag ein paar Minuten im Garten spazieren, der Himmel ist wieder von einem hellen Blau, das die Blätter der Zitronenbäume so hell glänzen lässt, dass sie manchmal die Augen schließen muss. Rubinstein spielt abends Beethoven oder Chopin für sie und schaut sie durch seine kleine Drahtbrille besorgt an. Blandine schämt sich ein wenig, keiner verliert ein Wort über ihre »Krankheit«. Und war es denn eine Krankheit, ein Fieberanfall oder das, was Mama und Papa an ihrem Bett als »Jungmädchen-Empfindsamkeit« bezeichnet haben? Aber niemand spricht darüber, auch Dr. Berlin nicht, der am Mittwoch noch einmal zu ihr kommt und ihre Fortschritte lobt und sie ermahnt, auszuruhen und Augen und Kopf nicht beim Sticken oder Lesen zu überanstrengen.

Nach dem Aschermittwoch kommt die Gräfin Tasca wieder regelmäßig zu Besuch oder Mama fährt zu ihr, an einem

Nachmittag kommen auch die Fürstin Gangi und die Gräfin Mazzarini mit. Eva und Loldi haben ihre Französisch-Konversation, und Daniela und Blandine schickt die Mutter auf einen Spaziergang – »viel frische Luft, mein Kleines, damit du wieder zu Kräften kommst, genieße die Sonne«. Die Tür zum Salon bleibt lange geschlossen, und hinterher regt sich Papa darüber auf, dass die Mutter sich zu viel Zeit für das Gesellschaftsleben nimmt. Sie soll sich nachmittags ausruhen, aber sie ist für jeden ansprechbar, der des Weges kommt! Mama versucht, ihn zu beruhigen, und beim Abendessen wird über die bevorstehende Rückreise gesprochen, die Termine stehen fest. Blandine sind diese Überlegungen seltsam gleichgültig, sie fühlt sich schwach, wenn sie an Biagio Gravina denkt. Inzwischen kommen ihr die Bälle wie ein Fiebertraum vor, aus dem sie die vergangenen Tage und Nächte zurückgeholt haben.

Als sie am nächsten Tag mit Daniela im Garten spazieren geht, zieht die Schwester ein kleines Briefkuvert aus der Tasche und gibt es ihr mit einem verschwörerischen Blick.

»Ich wollte warten, bis es dir besser geht – ich habe ihn schon seit ein paar Tagen. Der Kutscher der Tasca hat ihn mir gegeben. Wenn du antworten willst« – hier stockt sie – »also, falls du antworten willst, kannst du ihm einen Brief geben, er ist ja fast jeden Tag hier.« Daniela hat offensichtlich nur darauf gewartet, ihr diese Überraschung zu bereiten. Die Schrift auf dem Umschlag erkennt sie sofort, es ist dieselbe wie in ihren *carnets* auf den Bällen und auf den beiden Karten zwischen ihrer Wäsche. Sie wird rot, greift schnell nach dem Brief und steckt ihn in die Tasche. Daniela sieht enttäuscht aus. »Willst du ihn nicht gleich lesen?«

»Später, wer weiß, wer uns zusieht.« Unsicher schaut sich Blandine nach der Villa um. »Hat Mama etwas gemerkt?«

»Ich glaube nicht, und selbst wenn ...« Daniela antwortet ausweichend. »Aber du erzählst mir, was er schreibt, nicht wahr?« Sie kichert.

»Sei nicht so neugierig!«

Er hat sie vermisst, er hat sie die ganze Nacht gesucht, er hat bis zum Ende des Balls gewartet in der Hoffnung, dass sie doch noch kommt, er ist untröstlich, weil er nicht weiß, wie es ihr geht, was ihr zugestoßen ist. Ob sie ihm ein Zeichen – irgendein Zeichen – geben kann? Er denkt Tag und Nacht an sie, er wird alles tun, um sie wiederzusehen – natürlich nur, wenn sie es erlaubt und wünscht. Blandine freut sich über den Ungestüm seiner Zeilen. Immer noch ist er weit weg, sie spürt seinen Kuss nicht mehr auf den Lippen. Soll sie ihm antworten? Darf sie? Ja, denn er war kein Traum, keine Einbildung, es gibt ihn, und er denkt an sie. Nein, denn selbst wenn sie sich wiedersehen, ändert das nichts an ihrer bevorstehenden Abreise. Ja, nein, ja – aber das Ja siegt, es ist schön, seine Briefe zu bekommen –, also soll er auch einen von ihr erhalten.

Lange überlegt sie, was sie ihm schreiben soll, und beginnt immer wieder neu. Einmal verschreibt sie sich, einmal kleckst die Tinte, aber schließlich hat sie ein paar Zeilen zu Papier gebracht, in denen sie ihr Bedauern ausdrückt, dass sie nicht hat kommen können, und ihm schreibt, wie gern sie ihn getroffen hätte. Sie liest sie wieder und wieder, und sie kommen ihr kühl und steif vor, aber ihr fällt nichts anderes ein, und schließlich drückt sie dem Kutscher der Tasca den Umschlag in die Hand, während die Gräfin bei Mama im Salon ist.

Die Briefe gehen hin und her, und manchmal zeigt Blandine einen von Biagios Briefen Daniela, die sie genau beobachtet und immer wieder danach fragt.

Ich denke Tag und Nacht an Sie, Mademoiselle, und wenn ich schlafe – nur kurz, wenige Stunden in der Nacht –, erscheint mir Ihr Bildnis im Traum. Ach könnte ich Sie doch jeden Tag sehen, könnte mit Ihnen an der Marina spazieren oder mit Ihnen nach Mondello fahren und unter Palmen an der Strandpromenade flanieren ...

Daniela zeigt sich wenig beeindruckt von »nutzloser Leidenschaft«, wie sie es nennt.

»Und? Was hilft das?«, fragt sie Blandine.

»Wie meinst du das?«

»Ihr spaziert nicht an der Marina, und ihr flaniert nicht in Mondello – was hilft es, wenn er Tag und Nacht von dir *träumt?*«

Blandine schweigt, sie will darauf nicht antworten, denn diese Briefe machen sie glücklich, und würde sie das der Schwester sagen, dann würde die sie auslachen. Sie stellt sich Gravina vor, seine grünen Augen, die schmalen Hände, sie glaubt, seinen Geruch noch in der Nase zu haben – Tabak und ein ihr unbekanntes Rasierwasser –, und sie stellt sich vor, wie er an sie denkt, von ihr träumt.

Ebenso unbeeindruckt ist Daniela von einem Brief, den

Blandine ihr eigentlich nicht zeigen will, dann aber dem Drängen der Schwester nachgibt:

Ich nehme mir die Freiheit, Ihnen zu schreiben, Mademoiselle, dass Ihre Schönheit mir keine Ruhe lässt. Glücklich die Menschen, die Sie immerzu sehen, Ihre Augen, Ihr Haar ...

»Er könnte auch in den Genuss dieses großen Glückes kommen«, bemerkt Daniela trocken. »Aber wenn er weiter schwärmt und schwelgt, wird daraus nichts. Ein Träumer ist er!«

»Was spricht gegen Träume?«, wendet Blandine ein.

»Nichts, aber man muss auch für sie kämpfen. Verstehst du das?« Daniela schaut sie mitleidig an. »Das versteht ihr wohl beide nicht«, seufzt sie dann.

Schnell wechselt Blandine das Thema. Sie scheut Danielas Fragen, überhaupt zieht sie sich zurück. Sie ist in ihre Gedanken und Erinnerungen versunken, immer in Vorfreude auf den nächsten Brief. Aber die Tage sind ausgefüllt – sie machen Ausflüge nach Monreale, und Graf Tasca überredet sie zu einer Fahrt nach Bagheria, um die prächtigen Villen zu bewundern, die schon Goethe besucht hat. Zugleich drehen sich alle Gespräche um die bevorstehende Abreise, die Papa inzwischen herbeisehnt, weil er sich zunehmend über die Villa ärgert, die er für den Ursprung allen Übels hält – eine Zumutung, hier untergebracht zu sein, und die Freundlichkeit ihrer Gastgeber weiß er schon länger nicht mehr zu schätzen. Bei einem ihrer überraschenden Besuche, die Papa stören, sagt er das der Fürstin Gangi recht deutlich, die blass wird, und Mama versucht, zu vermitteln und das Gespräch in eine andere Richtung zu lenken.

Beim Abendbrot ist die Stimmung gedrückt.

»Wieso soll ich dankbar sein für dieses Haus, das meinen Sohn fast das Leben gekostet hätte?«, fragt Papa unvermittelt und wirft seine Gabel auf den Teller. Er hat sein Abendessen nicht angerührt und schaut Mama herausfordernd an. »Ich weiß doch, weshalb es der Fürstin Gangi und Graf und Gräfin Tasca so wichtig war, uns hier unterzubringen – sie reden über nichts anderes, sie brüsten sich mit unserer Anwesenheit, damit, unsere Gastgeber zu sein ...«

»Was hätten wir tun sollen? Abreisen? Im Hotel bleiben? Bitte erinnere dich an die Rechnungen, die Ragusa gestellt hat. An seine Forderung, ein Zimmer abzugeben. Dass das Haus unbewohnbar wäre, konnte keiner wissen.«

»Eben doch!« Wütend springt Papa auf. »*Sie* haben es gewusst! Weshalb steht es denn im Winter leer? Dafür gibt es einen guten Grund! Wir hätten abreisen sollen, aber ihr wolltet noch an all den Vergnügungen teilnehmen, auf Bälle gehen, Einladungen folgen, bei denen ich eine Zirkusattraktion bin und mir grauenhafte musikalische Darbietungen anhören muss! Es ist ein solches Elend, es ist unerträglich!«

Mama ist aufgestanden und versucht jetzt, Papa zu beruhigen, der vor Wut zittert.

»Du hast ja recht, mein Lieber«, sagt die Mutter beschwichtigend. »Wir hätten eher abreisen sollen. Komm, lass uns einen Augenblick Luft schnappen, es ist mild draußen und noch nicht ganz dunkel.«

Blandine fühlt Danielas Blick auf sich ruhen, als die Eltern den Raum verlassen. Wie schnell werden sie abreisen? Fieberhaft denkt sie nach. Bevor alles organisiert ist, Fahrkarten und Hotels gebucht sind, wird einige Zeit vergehen. Überstürzt können sie Palermo nicht verlassen, man wird Abschiedsbesuche machen müssen … zwei Wochen? Eher drei oder vier. Sie weicht Danielas Blick aus, entschuldigt sich und geht in ihr Zimmer.

»Was willst du tun?« Die Schwester ist ihr gefolgt.

»Ich glaube, ich warte ab, bis das Datum feststeht.« Blandine hat sich zu Daniela umgedreht, die in der Tür steht.

»Abwarten, nichts tun, mal sehen, was passiert. Das Übliche. Blandine, das geht nicht. Diesmal nicht. Du musst ihm schreiben! Schreib ihm, dass unsere Abreise unmittelbar bevorsteht!«

»Aber wieso – was würde das ändern?«, fragt sie resigniert.

»Dummerchen, dann weiß er, dass ihm nicht viel Zeit bleibt. Glaub mir, schreib ihm, du seist untröstlich …«

Blandine gibt der Schwester schließlich nach, wie sie es immer getan hat. Sie hat das Gefühl, mit der Erwähnung der Abreise einen Bann zu brechen, etwas vor der Zeit zu beenden. Und wirklich versiegt der Fluss der Briefe. Es vergeht ein Tag, dann vergehen zwei, drei, vier Tage und schließlich eine ganze Woche, aber Blandine erhält keine Antwort mehr.

»Graf Biagio Gravina hat um deine Hand angehalten.« Blandine steht mit der Mutter im Garten und braucht einen Moment, um den Sinn dieses Satzes zu begreifen. Zwei Wochen sind vergangen, seit sie den letzten Brief erhalten hat, und die

Hoffnung, je wieder von ihm zu hören, hat sie längst aufgegeben. Daniela hat sich bemüht, sie zu trösten, und ihr gesagt, er würde sicher versuchen, auf eine andere Weise den Kontakt herzustellen – wenn er es ernst meinte. Ihr hat die Phantasie gefehlt, sich diese andere Weise vorzustellen.

Am Vormittag ist die Gräfin Tasca zu Besuch gekommen und hat sich wieder einmal mit der Mutter in den kleinen Salon zurückgezogen. Immer häufiger ist das in der letzten Zeit vorgekommen, und Papa, Isolde und Eva klagen bereits darüber, nur Daniela hat geschwiegen.

Mama hat Daniela und Blandine nach dem Besuch der Gräfin zu Besorgungen in die Stadt geschickt und einen langen Spaziergang mit Papa gemacht. Eine Unruhe liegt über allem, auch in Mamas entschiedener Geschäftigkeit, und entschlossen hat sie Blandine nach dem Mittagessen gebeten, mit ihr einen kurzen Gang durch den Garten zu machen.

»Graf Biagio Gravina hat um deine Hand angehalten.« Mama wartet auf eine Reaktion, sie schaut Blandine prüfend an, aber die bleibt stumm. »Liebes Kind, du musst mir jetzt nicht antworten, ich kann mir denken, wie überrascht du bist. Du kennst den jungen Mann, ihr habt miteinander gesprochen, habt getanzt, habt Wege zueinander gefunden …«

Weiß Mama von den Briefen? Ist sie böse, weil Blandine es vor ihr verborgen hat? Aber die Mutter spricht weiter, und ihr Blick ist freundlich.

»Der Graf stammt aus einer der ältesten Familien der Insel, er ist angesehen in Palermo, sein Ruf ist untadelig. Nun, er ist nicht der Erstgeborene, sein älterer Bruder Francesco erbt den Titel und das Vermögen der Eltern, aber Graf Gravina hat eine Stellung im Militär und kann eine Familie unterhalten. Deine Mitgift ist ansehnlich, und wenn ihr bescheiden lebt, wird es euch gut gehen. Mein liebes Kind, prüfe dich und denke darüber nach! Wenn du eine Entscheidung getroffen hast, werde ich deinem Vater telegraphieren, denn du kannst nur heiraten, wenn er sein Einverständnis gibt. Ich weiß, dass die natürlichen Wege andere wären, aber ich hielt es für nutzlos, deinen Vater zu stören, solltest du gar kein Interesse an dem jungen Mann haben.«

»Und ... Papa?«, fragt Blandine zögernd.

»Mein liebes Kind, dein Papa macht sich viele Gedanken um dich und deine Zukunft. Er hat alles über den Grafen in Erfahrung gebracht, was er konnte, und er glaubt, dass ihr eine glückliche Ehe führen könnt.«

Stumm gehen sie zum Haus zurück, und tausend Gedanken schießen Blandine durch den Kopf. War Biagio hier und hat mit den Eltern gesprochen? Woher weiß Mama so viel über ihn? Mit wem hat Papa gesprochen? Er will sie heiraten – aber kann er sich seiner Zuneigung nach vier Begegnungen sicher sein? Liebt er sie? Liebt sie ihn? Sie denkt an den Kuss und seinen Arm um ihre Taille beim Tanzen.

Blandine schaut in den hohen blauen Himmel, in der Ferne sieht sie das Meer und im Süden die dunklen Umrisse der hohen, scharf gezackten Berge, die Palermo umschließen.

Natürlich kann sie in der Nacht nicht schlafen. Es dauert erst einmal Stunden, bis Daniela einschläft, die sich alle Umstände der Hochzeit und des Lebens mit Gravina ausmalt – die Verlobung, die Eheschließung – natürlich in Bayreuth – danach die Hochzeitsreise – sie muss Gravina Deutschland zeigen – dann das Leben in Palermo – ein Palazzo in der Via Butera mit Blick auf die Marina, sie kann sich das Eis von Ilardo auf der Terrasse servieren lassen, und jeden Winter verbringt die Familie bei ihr, zu Karneval werden sie selbst zum Ball bitten. Blandine ist froh, als die Schwester einschläft und sie ihren eigenen Gedanken nachhängen kann. Was ist in den zwei Wochen, in denen er ihr nicht geschrieben hat, passiert? Woher kommt seine Entscheidung? Ihre Mutter schien nicht überrascht zu sein, also wird sie von den Briefen gewusst haben. Wieso sollte der Kutscher der Tasca seine Botendienste vor der Gräfin geheim halten? Und dass diese es der Mutter sagen würde, war klar. Wahrscheinlich hat die Mutter den Antrag erwartet. Wann immer sie sich mit der Gräfin Tasca und anderen Damen in einen der Salons zurückgezogen hat, werden sie darüber gesprochen haben. Und Daniela ... hat Daniela sie in Absprache mit der Mutter dazu überredet, Biagio Gravina von ihrer Abreise zu schreiben? Sie verjagt den Gedanken, eigentlich ist das nicht wichtig.

Was will sie selbst eigentlich? Das ist wichtig. Will sie ihr Leben mit diesem Mann in Palermo verbringen? Weit weg von ihrer Familie, von allem, was sie kennt? Und hat sie Zeit, darüber nachzudenken? Wie schnell muss man auf einen solchen Antrag antworten? Bleibt ihr nur diese Nacht?

Irgendwann steht sie auf, um sich ein Glas Wasser aus der Küche zu holen. Der Steinfußboden fühlt sich kalt und feucht unter den nackten Füßen an, und schnell geht sie an den Zimmern der kleinen Schwestern und dem Fidis vorbei. Aus dem Schlafzimmer der Eltern dringt Licht, und sie hört Mama und Papa reden. Als sie ihren Namen hört, bleibt sie stehen.

»... Ansehen und Ruf sind untadelig ... wenn nur die Vermögensumstände andere wären ...« Es ist Mamas Stimme.

»Er hat die Anstellung beim Militär verloren?«

»Ja, das schrieb mir die Gräfin Tasca am Nachmittag – er hat sich im Januar mit seinem Vorgesetzten überworfen. Ohne eine Position hat er kein Auskommen, um eine Familie zu ernähren. Bonis Mitgift kann das nicht ersetzen.«

»Er muss sich erklären. Sicher hält er nicht um die Hand unserer Tochter an, ohne zu wissen, wie er die Familie durchbringt. Und du hast recht mit dem, was du vor ein paar Tagen gesagt hast – es wird Zeit für unsere Boni, noch ist sie still und empfindsam, aber wie schnell wird daraus der Missmut einer mürrischen alten Jungfer ...«

Sie hört die Mutter seufzen, dann wieder ihre Stimme: »Sie sind anders, sie und Daniela. Da ist eine Fremdheit zwischen uns, in unserer Familie, die dir schwerfällt, das weiß ich.«

Blandine hält den Atem an, aber es folgt ein Schweigen, das ihr ewig zu dauern scheint. Dann Papas Stimme, ruhig und traurig: »Ich liebe beide Mädchen, aber was ist das für ein Krampf ...« Er scheint nach den richtigen Worten zu suchen. »Ein Krampf der Existenz. Es wäre besser, sie wären nie geboren.«

Blandine merkt, dass sie am ganzen Leib zittert, es ist kalt auf dem Flur. Schnell geht sie weiter.

Am nächsten Morgen ruft Mama sie in ihr Zimmer.

»Liebes, sicher hattest du eine unruhige Nacht. Es ist eine große Entscheidung, die es zu treffen gilt. Und bedenke bei deiner Wahl: Die Ehe kann nicht ausschließlich genug sein, denn nur dann ist sie ein wahrhaftes Glück.«

Sie sitzt an ihrem Schreibtisch, und obwohl es erst acht Uhr ist, ist Mama angezogen und frisiert. Während Blandine überlegt, was sie antworten kann, fährt die Mutter fort.

»Papas Liebe ist Sinn und Zweck meines Lebens, ihr gilt mein ganzes Tun. Du weißt, wie teuer dieses Glück erkauft ist und wie ich es büßen muss. Und wie ihr es sühnen müsst, dass ich euren Vater verlassen habe, um zu meiner wahren Bestimmung zu finden, der Liebe zu Papa. Euer Vater leidet darunter, ihr leidet darunter, ich leide darunter – und auch Papa leidet. Aber die Liebe ist heilig. Auch dir kann nun eine solche Liebe widerfahren, und die Ehe ist ihr Gefäß. Möchtest du einen solchen Bund mit Graf Gravina eingehen?«

Blandine wird rot, plötzlich ist sie stolz auf Biagio Gravina und seine Liebe zu ihr. Die Ehe ist etwas Heiliges – und alle Heimlichkeiten um Tänze, Briefe und den Kuss in jener Nacht sind nur ein kleiner, unbedeutender Teil von etwas Großem: ihrer Bestimmung, ihrem Schicksal. Die Liebe kann auch ihr Schicksal werden – so, wie sie Mamas Schicksal geworden ist. Nur ist sie es bei ihr ohne das Leid, die Schuld und die Sühne, es wäre eine heitere Liebe, eine Liebe, die Raum schafft für alle. Will Papa nicht jeden Winter in Palermo verbringen? Sie alle – Mama, Papa, die Geschwister – könnten ihre Gäste sein. Diese Stadt Palermo, diese Insel Sizilien wären ihr Ort, ihre Heimat. Und die Gravina ihre Familie. Mit fester Stimme sagt sie: »Ja.« Und dann noch einmal »Ja, Mama.«

Die Mutter schließt sie in die Arme und fährt fort: »Es ist die richtige Entscheidung, mein liebes Kind. Ich sehe dich das schwierige, aber schönste Kunststück einer glücklichen Ehe durchführen, in der die Frau das Hauptverdienst entschieden für sich in Anspruch nehmen darf, denn sie bildet gleichsam den Himmel, die Sonne, die Luft, während ich den Anteil des Mannes den städtischen Gebäuden vergleichen würde, die, wenn auch noch so schön und zweckmäßig errichtet, uns dennoch kaum einen Eindruck machen, wenn das Licht sie nicht enthüllt und verklärt ...« Sie hat sich in ihren Gedanken verloren, und Blandine räuspert sich.

»Ich ... wir ... ich kenne ihn nur ein wenig. Aber ich glaube, er ist gütig und klug und ein frommer Mann ...« Sie weiß nicht weiter, und die Mutter fährt fort:

»Liebes Kind, nach allem, was mir die Gräfin Tasca berichtet hat, stimmt deine Einschätzung: Du hat ein festes Wesen gewonnen, richte also alle deine Gedanken darauf, das stets zu schätzen, und das Übrige wird wenig mehr Gehalt haben als der Schaum der Wellen. Und worauf ich baue, um dir die Kleinigkeiten tragen zu helfen, das ist die liebe Sonne! Denk nur, der blaue Himmel, das Licht, in dem du leben wirst!«

13
Ostern

April 1882

Die Fastenzeit geht zu Ende und mit ihr ist auch die Wintersaison endgültig vorbei: Es sind kaum noch ausländische Gäste in der Stadt, und die Sonne scheint bereits kräftiger, ihre Strahlen lassen den bevorstehenden Sommer, der meist nur einen kurzen Frühling duldet, erahnen. Bald wird die Hitze unerträglich sein, und wer kann, flüchtet aufs Land. Das gesellschaftliche Leben in der Stadt wird erlahmen und schließlich in sommerliche Lethargie verfallen.

Aber erst einmal ist Ostern, und Tina liebt dieses Fest, das erste nach der langen und langweiligen Fastenzeit. Sie sitzt am Ostersamstag mit ihrer Mutter beim Frühstück, als der Diener den *Giornale di Sicilia* bringt.

»Hier, mein Schatz, lies mal – auf der Titelseite wird die Abreise der Wagners beschrieben!« Madame Scalia macht keinerlei Anstalten, Tina die Zeitung zu geben, sie studiert den Artikel sorgfältig und trägt der Tochter einzelne Sätze daraus vor:

»Die Oper, die er vollendet hat ... der Präfekt hat sie zum Zug begleitet ... sie fahren nach Messina ... und hier, hier steht es: Die Verlobung zwischen Mademoiselle Blandine von

Bülow und Graf Biagio Gravina wird in Acireale gefeiert und die Hochzeit ein paar Monate später in Bayreuth.«

Sie schaut von der Zeitung auf.

»Und dann? Werden sie in Deutschland leben? In Bayreuth, bei ihrer Familie?«, fragt Tina.

»Vorgestern sagte mir die Gräfin Mazzarini, dass der Maestro eine Hochzeit in Bayreuth wünscht, das Paar aber auf Sizilien leben wird. Sie kommen nach der Hochzeitsreise zurück.«

»Nach Palermo?«

»Ich weiß es nicht, es wird viel darüber spekuliert. Wie man jetzt erfahren hat, ist der Bräutigam ohne Anstellung. Er soll sie nach einem Streit mit einem Vorgesetzten verloren haben. Sicher können sie im Palazzo der Familie in der Via Butera wohnen, aber der gehört ihm nicht. Er hat nichts, und wie er eine Familie ernähren will, ist unklar. Man spricht darüber.« Madame Scalia greift entschlossen nach einem der Brioches, die auf dem Tisch stehen.

»Das kann ich mir vorstellen, Mama«, sagt Tina mit einem zynischen Unterton, »viel eher zerreißt man sich das Maul darüber.«

»Immerhin ist ihre Familie reich, hat Einfluss. Es stimmt, dass der bayrische König dem Maestro blind ergeben ist, darüber wird viel gesprochen. Geld, Vergünstigungen, egal was, der Maestro muss es nur erwähnen, und der König erfüllt ihm jeden Wunsch. Blandine ist eine gute Partie. Und überraschend kam der Antrag nicht«, sagt sie mit bedeutungsvoller Miene.

»Wie meinst du das?« Tina runzelt die Stirn.

»Donna Cosima hat nach einem Ehemann für Blandine gesucht. Die Gräfin Mazzarini hat mir gesagt, dass sie sich nach einer Möglichkeit hier in Palermo erkundigt hat, nach den entsprechenden Familien und ihren unverheirateten Söhnen. Blandine hat eine gute Mitgift, aber den Makel der getrennten Eltern. Gravina stammt aus einer angesehenen Familie, aber seine finanzielle Situation lässt zu wünschen übrig. Eine gute Verbindung, sagt man. Allzu viele Möglichkeiten hat Gravina hier schließlich nicht. Ohne Geld, offensichtlich heißblütig ...«

»Mama!«

»Aber das ist noch nicht alles: Die Gräfin hat mir auch gesagt, dass der Maestro es gern sähe, wenn seine Stieftöchter heirateten. Selbst die eigenen Töchter sollen ihm zu viel sein, nur der Sohn, der kleine Junge, den mag er um sich haben, der ist sein ganzer Stolz.«

»Wer denkt sich bloß solche Geschichten aus? Die Leute hier haben zu viel Zeit.« Tina steht auf, dieses ewige Gerede in den Salons, auf Kutschfahrten, auf den Bällen, im Caféhaus, überall, auf Schritt und Tritt, es geht ihr auf die Nerven. Immer dieselben Fürstinnen, Gräfinnen, Baroninnen, die alles bewerten müssen, die Nase rümpfen, urteilen. Über jeden und jede, auch über sie, auch über ihre Verlobung und ihre Hochzeit mit Joseph Whitaker – der eben auch eine gute Partie ist: einer der reichsten Männer Palermos. Das macht den fehlenden Adelstitel wieder wett, wie eine Gräfin der Mutter gegenüber betonte.

Gute Partie, schlechte Partie – mit diesem Mann soll sie den Rest ihres Lebens verbringen. Da ist es doch die Hauptsache, dass sie das auch will. Sie ist aus dem Zimmer gegangen und steht gedankenverloren in dem langen, dunklen Flur.

Als sich abzeichnete, dass Joseph Whitaker um ihre Hand anhalten würde, hatte Tinas Mutter sie sehr ernst gefragt, ob sie wirklich auf ihre Karriere als Sängerin verzichten wollte. »Wie immer du dich entscheidest, ich bin an deiner Seite und unterstütze dich, mein Schatz.«

Natürlich waren ihrer Mutter bei diesem Satz die Tränen gekommen und dann noch einmal, als Tina ihr gesagt hatte, dass sie sich ein Leben als Sängerin nicht länger vorstellen kann und dass ihr Pip sehr gefällt.

Langsam geht sie in ihr Zimmer. Auf ihrem kleinen Schreibtisch liegt ihr Tagebuch. Ob Blandine diese Freiheit hatte? Weiß sie überhaupt von den Bemühungen ihrer Mutter? Vielleicht ist es doch nur dummes Geschwätz. Seit dem Ball hat Tina Blandine nicht mehr gesehen. Diese hat ein Abschiedsbigliett geschrieben und sich bedankt, dass Tina und ihre Mutter sie so herzlich aufgenommen haben. Ein artiger Brief, in seiner Schüchternheit etwas kühl, aber so hat sie Blandine kennengelernt. Ihre Freundin kann nicht anders, schon gar nicht in einem Brief. Auf dem Ball am Karnevalssamstag hat sie sie kaum tanzen sehen und irgendwann spät in der Nacht von fern ins Gespräch mit Biagio Gravina vertieft. Ob Blandine ihre Schwester Daniela ins Vertrauen zieht? Aber die scheint einen so anderen Charakter zu haben, sie wird ihre schüchterne Schwester kaum verstehen. Und die Mutter ist ewig mit dem Vater beschäftigt, dem Maestro ...

Tina blättert in ihrem Tagebuch und sieht, dass sie seit drei Tagen nichts mehr darin notiert hat. Es ist aber auch nicht viel passiert, Pip hat ihr jeden Tag geschrieben, und sie hat geantwortet. Am Ostermontag werden sie gemeinsam ausreiten, im Favorita-Park. Natürlich sind sie in Begleitung, Cousins, Cousinen, seine Tante, und ihre Mutter fährt in der Kutsche mit. Sie beschreibt die Diskussionen um die Zusammenstellung der kleinen Gesellschaft und muss im Nachhinein noch darüber lachen. Dann denkt sie wieder an Blandine und schreibt: »Ob Blandine glücklich ist? Ist es richtig, dass dieses junge, süße, blonde Wesen aus dem Norden, das keine Ahnung von der Welt hat, an einen Mann gebunden wird, den sie doch kaum kennt und der nichts hat?«

Sie nimmt sich vor, Blandine eine Gratulation zur Verlobung nach Acireale zu schicken, und merkt, dass sie ein schlechtes Gewissen hat. Sie sind nie nach Mezzomonreale gefahren. Einmal hat sie es der Mutter halbherzig vorgeschlagen, war aber froh, als diese sagte, die Fahrt sei zu weit und das Wetter zu schlecht. Sie wollte Richard Wagner nicht noch einmal begegnen. Und erleben, wie die ganze Familie, die Mutter, die Töchter und der kleine Sohn, sich um ihn bemühen. Blandine ist ohnehin zurückhaltend, sie wird schnell rot und redet ungern von sich – aber im Kreis ihrer Familie verstummt sie ganz. Vielleicht ist es gut, dass sie heiratet und fortgeht? Vielleicht ist sie glücklicher, wenn sie fern der Familie ein eigenes Leben führen kann? Wenn das Gerede stimmt und Blandine weiß, dass sie dem Stiefvater eine Last ist? Eine schreckliche Vorstellung … Vielleicht kann sie ihr helfen, sollten sie wirklich in Palermo leben. Sie wird es versuchen, ganz bestimmt. Tina klappt das Tagebuch zu und steht auf. Sie muss das Mädchen rufen, ihre Garderobe für den Ausflug am Montag muss noch einmal aufgebürstet werden.

Am Ostermontag hat Tina Blandine und ihr Schicksal vergessen. Als sie gemeinsam mit Pip durch den blühenden Park reitet – sie sind beide gute Reiter und lassen die anderen schnell hinter sich zurück –, würde sie am liebsten vor Glück jubeln. Sie hört die Stimmen der Vögel, spürt die Wärme der Sonne auf dem Gesicht, sie sieht Pip, der dicht neben ihr reitet, und denkt, was für ein Glück es ist, dass sie zurück in den Süden gezogen sind, nach Sizilien, wo sie hingehört. Dies hier ist ihre Heimat. Sie hatte es nur nicht gewusst.

14

Der Schaum der Wellen

9. Februar 1895

Wie jedes Jahr wird Blandine in den Wochen vor Karneval unruhig. Die Erinnerung, die monatelang schweigt, kommt in diesen Tagen wieder. Seit Stunden sitzt sie an ihrem Sekretär im Grünen Salon, schaut aus dem weit geöffneten Fenster hinaus auf die Terrasse und manchmal auf den Brief von Daniela, der vor ihr liegt und den sie lange unbeantwortet gelassen hat.

Die Einladungen zu den Karnevalsbällen sind in den letzten Tagen angekommen. Zum glänzendsten Fest bitten längst nicht mehr die Fürsten Butera, Filangeri oder Graf und Gräfin Tasca, sondern die Florios und die Whitakers. Joseph Whitaker, der Mann, den Tina geheiratet hat, ein Jahr nach ihrer Hochzeit mit Biagio. Tina und »Pip« Whitaker laden in die riesige, neu erbaute Villa Malfitano im neuen Teil der Stadt ein, der auch der englische König, der deutsche Kaiser und alle europäischen Größen, die Sizilien im Sommer aufsuchen, regelmäßig einen Besuch abstatten. Die alten Adelspaläste sind in einen Dämmerzustand gefallen, so wie der Palazzo der Gravina in der Via Butera. So wie auch die Gravina und sie selbst, denkt Blandine.

Tina hat sie in all den Jahren selten gesehen, nur einmal hat diese sie hier an der Marina besucht, und zusammen haben sie bei Ilardo Eiscreme bestellt wie damals. Aber das Gespräch kam nur stockend in Gang, Blandine hatte wenig zu erzählen über ihren Mann und die zwei Kinder – ihr drittes war da noch nicht auf der Welt. Biagino hat keine Anstellung gefunden, und was hätte sie der Frau von Joseph Whitaker über die vergeblichen Bemühungen erzählen sollen, eine Position zu finden? Sie hatte sich geschämt. Tina hatte ihr Schweigen nicht gestört, ausführlich hat sie von ihren beiden Töchtern Norina und Delia erzählt, von ihrem geliebten Pip und von den beiden Schwägerinnen, die sie gar nicht schätzt. Dann von ihren Reisen und all den illustren Besuchern, die in die Villa Malfitano kommen, Könige, der Kaiser, Fürsten, Diplomaten, Künstler. Sie hat von aufwendigen Diners, von Bällen, von Landpartien berichtet, von ihrer Garderobe, die für jede Saison neu aus Paris und London bestellt wird, von ihrer Schneiderin, einer Engländerin, die nur für sie und die beiden Töchter da ist. Von Pips Interessen, von seinen Ausgrabungen im Westen Siziliens auf der Insel Mozia. Blandine hat aufmerksam zugehört und geschwiegen. Was soll sie dazu sagen? Ihre Leben verlaufen in Bahnen, die so unterschiedlich sind, dass sie sich nicht mehr berühren. Danach haben sie sich nicht mehr getroffen.

Auch dieses Jahr wird Blandine nicht auf den Karnevalsball der Whitakers gehen, so wie sie auf keinen anderen gehen wird. Nach der Rückkehr aus Ramacca zeigt sie sich nicht mehr gern zu gesellschaftlichen Anlässen, sie glaubt, man redet über ihren Mann und sie, sobald sie sich umdreht. Aber sie denkt an jene drei Feste vor dreizehn Jahren und steht jetzt auf, um ins Schlafzimmer zu gehen. Ganz hinten in ihrem Wäscheschrank liegt eine kleine Holzkiste, die sie vorsichtig öffnet: darin ein Bündel Briefe und ein kleines Heftchen, ihr *carnet* von jenem Abend, als Biagio jeden Tanz mit ihr tanzte. Sie setzt sich gedankenverloren aufs Bett und denkt an den Mann, der ihr damals von seiner Familie erzählt und sie geküsst hat. Sein warmer Blick und der Druck seiner Lippen auf ihrem Mund sind wieder da. Auch seine Fröhlichkeit, die Scherze während ihrer kurzen Verlobungszeit. Bis nach Messina ist er mit ihnen gereist, als sie Palermo verlassen haben, damals im April, nach Ostern. Verlobt haben sie sich in Acireale, einem kleinen Dorf in der Nähe des Ätnas, malerisch am Meer gelegen. Sie denkt an die Spaziergänge durch die engen Gassen mit Biagio und den Schwestern, die kichernd weitergelaufen sind, wenn er sie in einen Hauseingang gezogen hat, um sie zu küssen, an lange Gespräche mit Papa, an die gemeinsamen Abende beim Whist. Ihre Geschwister, die Eltern – alle mochten Biagino sofort, seine Gesellschaft, seine Konversation, die Leichtigkeit, mit der er scherzte und Komplimente machte.

Müde schließt sie die vergilbten Briefe und das Heftchen weg. Den Biagio von damals kennt sie, er ist ihr vertraut. Aber wer ist der Mann, der ihr jeden Tag böse Nachrichten aus Ramacca schickt, sie möge sofort zurückkommen? Der ewig unzufrieden ist, ihr Vorwürfe macht oder tagelang in grimmiges Schweigen verfällt. Mit dem kein Gespräch mehr möglich ist, denn jedes Thema, selbst das harmloseste, führt in einen Streit, in eine Auseinandersetzung, zu neuen Vorwürfen. Sie hat das Gefühl, je länger sie zusammenleben, umso weniger kennt sie ihn. Als würde man in einem großen Haus eine Tür nach der anderen zuschlagen und fest verriegeln. Übrig bleibt ein kleiner, dunkler Flur, in dem sie ganz allein steht.

Sie geht zurück in den Grünen Salon, setzt sich wieder an den Sekretär und beginnt zu schreiben:

Liebe Daniela ...

Sie hat die große Schwester länger nicht gesehen, nur Isolde war vor Jahren einmal in Palermo, aber die Reise ist lang und beschwerlich, und Daniela kann sie schon aus gesundheitlichen Gründen nicht auf sich nehmen. Statt bei ihr auf Sizilien verbringt die Schwester seit Jahren immer wieder viele Wochen im Sanatorium. Die Nerven, der Magen ... Biagio will Blandine nicht mehr nach Bayreuth begleiten, und auch in der Vergangenheit ist sie meistens allein mit den Kindern gefahren.

Damals lag die Zukunft so hell vor ihnen – im Sommer 1882 kam Biagino nach Bayreuth, sie heirateten am Hochzeitstag der Eltern, kurz nach der Uraufführung des *Parsifal*. Sie erinnert sich an Papas Rede, vom Krampf des Daseins hat er gesprochen, von Schwierigkeiten und Mühe und davon, dass ein Sizilianer, ein Kind des Südens, sie davon erlöst habe. Sie weiß noch die genauen Worte – »solch ein frischer, brauner Sizilianer mit hellen, offenen, treuen Augen, dessen Herz sich für die kleine blonde Deutsche entzündet«. Sie erinnert sich an diese grünen Augen, an den Blick, an seinen Wunsch, sich niemals wieder von ihr zu trennen, jeden Tag gemeinsam mit ihr zu verbringen. Es ist so lange her ...

Dann nach der Hochzeitsreise die Rückkehr nach Sizilien,

es schien ein Abschied nur für kurze Zeit, denn die Eltern wollten die Winter bei ihnen in Palermo verbringen. Aber ein Jahr später ist Papa in Venedig gestorben, und an das Winterquartier in Palermo war nicht mehr zu denken. Rubinstein, der treue Rubinstein, hatte sich kurz darauf das Leben genommen, das er sich ohne seinen Maestro nicht vorstellen konnte. Die Nachricht hatte sie fast so sehr getroffen wie die von Papas Tod.

Ihre Familie ist dann nicht zu ihr gekommen, in ihr Leben, in ihre neue Heimat, wie sie es einmal erhofft hatte. Mama hatte sich erst vollkommen zurückgezogen, und sie alle hatten um ihr Leben gefürchtet. Dann hat sie all ihre Energie und ihren Lebensgeist Papas Werk und Bayreuth gewidmet. Da war kein Platz für Palermo und auch nicht für sie.

Und vor einem Jahr ist auch noch ihr Vater gestorben, der fremde, ferne Vater, mit dem sie doch in den letzten Jahren wenigstens regelmäßig korrespondiert hat. Aber konnte das eine Vertrautheit ersetzen, die zwischen ihnen nie existierte? Jetzt, wo es zu spät ist, schmerzt es sie sehr, manchmal mehr als vieles andere, und sie weiß nicht, warum. Sie greift zum Federhalter und beginnt zu schreiben. Daniela ist die Einzige, mit der sie über den Vater reden kann.

Seit einem Jahr ist Vater nun tot, und ich denke immer noch jeden Tag an ihn. Es ist ja nicht der Verlust des Vaters, um den ich mich verzehre, sondern das bittere Gefühl, nichts von ihm gehabt zu haben, er nichts von mir, und dass uns nicht einmal ein Abschied vergönnt war. Darüber werde ich mich nie trösten …

Sie sieht vom Papier auf, denkt einen Moment nach und zerreißt die Seite. Sie steht auf.

Wenn Daniela hier wäre, könnte sie vielleicht darüber reden. Oder auch nicht – Daniela hat ihr manchmal vorgehalten, alles ihr zu überlassen: die Vermittlung zwischen Mama und dem Vater, die schwierige Korrespondenz, die Erklärungen, ja, auch ein paar Besuche. Aber diese Vorwürfe sind hinfällig wie so vieles. Wie soll sie reisen? Wie soll sie das überhaupt zu Stande bringen? Erst mit einem Kind, dann mit zwei und jetzt mit drei? Dazu die ständigen Geldsorgen und Biagios Vorwürfe, sie würde mit ihrer Reiserei das wenige, was sie haben, zum Fenster hinauswerfen.

Wenn sie an Geld denkt, schämt sich Blandine, sie schämt sich für ihren Mann, und sie schämt sich vor ihrer Mutter, die immer wieder einspringen muss. Wofür Biagio nicht einmal dankbar ist, er hasst diese Abhängigkeit und ist nach den Zahlungen noch bitterer gegen sie. Obwohl er sie einfordert, zornig steht er dann vor ihr, wirft einen Packen Rechnungen auf ihren Sekretär und schaut sie herausfordernd an.

Wieso hat er keine Anstellung gefunden? Er wirft ihr sogar die Versuche der Eltern vor, ihn unterzubringen – die allesamt gescheitert sind. Jetzt ist es zu spät, aber damals war er heiter und offen, zu allen freundlich, die beste Gesellschaft, die man sich vorstellen konnte. Was hat er falsch gemacht? Hätte er ihr Schicksal ändern können?

Sie setzt sich wieder an den Schreibtisch, nimmt einen neuen Briefbogen und beginnt noch einmal:

Liebe Daniela ...

Sie erkundigt sich nach der Schwester, nach ihrer Gesundheit, nach Henry, ihrem Mann, nach dem gesellschaftlichen Leben in Heidelberg. Dort hat Henry eine Professur, und Daniela beklagt sich in ihren Briefen, dass sie nun am Neckar leben und nicht am Gardasee, wo sie einen Sommersitz haben. Blandine war nie dort, weder in Heidelberg noch in Gardone. Die Schwester hat keine Kinder. Wie anders Danielas Leben doch ist als ihr eigenes hier. Blandine schaut auf den Brief und schreibt weiter:

Ramacca haben wir verlassen, da die Kinder hier in Palermo einen besseren Unterricht erhalten. Das Leben auf dem Land – so schön es ist – ist im Winter unerträglich, und wir sind lieber in Palermo, in dem Palazzo in der Via Butera, den du kennst.
Biagino liegt mit einer Malaria krank in Ramacca, und du kannst dir vorstellen, in welcher Sorge ich bin …

Ja, sie ist in Sorge, das ist keine Lüge. Immer wieder ist Biagio krank, kann sich nicht mehr um das Haus und das Land kümmern, wird betrogen von seinen Bauern, die es bewirtschaften, von dem Aufseher, den er seit Kindesbeinen kennt und den Blandine für einen verschlagenen Fuchs hält, der ihnen das letzte Geld aus der Tasche zieht. Aber sie kann es nicht ändern, weder hat sie den Eindruck, dass ihre Anwesenheit – die er einfordert – ihn beruhigt oder schneller genesen lässt, noch kann sie den Kindern dieses Ramacca zumuten, das sie inzwischen regelrecht hasst. Ein verlorenes Nest am Fuße des Ätna. Ja, die Sonnenuntergänge sind malerisch, der schneebedeckte

Berg in der Ferne bildet eine atemberaubende Kulisse, aber die unbefestigten Straßen sind ewig staubig oder verwandeln sich in reißende Sturzbäche, wenn es regnet, es stinkt überall nach Ziege, und die Einwohner bestaunen sie nach all den Jahren immer noch wie ein seltsames Tier. Sie haben sich das Maul zerrissen über sie in ihrem unverständlichen Dialekt – selbst der Bürgermeister spricht weder Französisch noch etwas, das dem Italienischen auch nur nahekäme. Frivol sei sie, wurde gesagt, nachdem sie Besuch aus Deutschland, der auf der Durchreise nach Catania war, empfangen hat. Mariechen, ihre Zweite, sei ein uneheliches Kind, wurde geredet, man wich ihr aus, und einige der alten Frauen rückten sonntags in der Kirche von ihr ab und schlugen die Augen nieder.

Das alles sieht und hört Biagio nicht. Ramacca ist für ihn das gelobte Land, die Heimat seiner Familie, sein ganzer Stolz – aber Stolz worauf? Und wo liegt der Wert einer Familie, die den Zweitgeborenen wie einen Bettler behandelt, einen, der mit der Geburt bereits alles verloren hat? Sie kann seine Bewunderung für den viel älteren Bruder Francesco nicht teilen, jenen Francesco, Fürst von Ramacca, Träger des Titels; Besitzer aller Ländereien und Reichtümer der Familie.

Jetzt schaut sie auf ihr Verlobungsfoto – schon darauf sieht Biagio ernster aus, als sie ihn aus jener Zeit in Erinnerung hat. Sie hat sich bei ihm untergehakt, aber ihre Hand scheint schwer auf seinem Unterarm zu lasten. Der Blick ist immer noch treu und offen, aber auch traurig. Ein Grauschleier hat sich über das Grün gelegt, jedenfalls kommt es ihr so vor. Hätte sie etwas ahnen können von dieser Traurigkeit, die ihn oft erfasst und erst schweigsam und schließlich verbittert werden lässt?

Und sie? Frivol hat man sie genannt. Dreizehn Jahre sind vergangen seit ihrer Hochzeit, und wenn sie jetzt in den Spiegel schaut, sieht sie das Bild einer Frau, die kaum noch an das junge Mädchen von damals erinnert: Die Haare sind dünn geworden und glänzen nicht mehr, die Augen müde, die Stirn und der Mund sind gezeichnet von vielen Linien. Ihre Figur ist von den drei Geburten plump geworden, sie kann das Korsett nicht mehr eng schnüren und trägt Kleider, die ihre Umrisse nur noch erahnen lassen. Inzwischen schaut sie so wenig wie möglich in den Spiegel. Aber in Ramacca war sie trotzdem eine mondäne Erscheinung, eine, die nicht dorthin gehörte, der man alles zutraute.

Blandine stützt das Kinn auf die verschränkten Hände und schließt die Augen. Vor drei Jahren war sie das letzte Mal in Bayreuth, allein mit den Kindern. Als sie nach Palermo zurückkam, war Biagio in Ramacca, und zu ihrem Ärger war ihr Kutscher nicht wie verabredet am Hafen, um sie abzuholen. In dem üblichen Durcheinander am Hafenkai kam ein Mann auf sie zu, den sie erst nicht erkannt hat – Enrico Ragusa. Auch er gealtert, das Haar so dicht wie früher, aber fast weiß, hagerer, als sie ihn in Erinnerung hatte, und um die Augen einen dichten Kranz von Falten. Er wartete auf Hotelgäste, bot ihr aber sofort an, sie und die Kinder mit seiner Kutsche nach Hause zu begleiten. Ihr war das unangenehm, sie hatte versucht abzulehnen, aber er hatte darauf bestanden. Schließlich hatten sie zusammen Tee getrunken, und Enrico Ragusa hatte nach dem Austausch von Höflichkeiten – was hatten sie sich auch zu sagen? Fragen nach den Kindern, nach dem Hotel, nach ihrer Familie in Deutschland – unruhig schweigend in dem Sessel gesessen, er hatte immer wieder angesetzt, etwas zu sagen, dann aber doch nur einen Schluck Tee getrunken. Blandine weiß bis heute nicht, wieso, aber sie war es dann, die nach Elvira fragte. Er war erleichtert, denn das war es, was ihn bewegte. Er hatte sich zu ihr gelehnt, die auf dem Sofa saß, hatte ihre Hand genommen und ihr von Elvira erzählt, die alle Wochenenden im Hotel verbrachte, seit Jahren, und sich mit seinen Töchtern gut verstand. Elvira Des Palmes nannte man sie in der Stadt, und es störte weder sie noch ihn. Sie war eine schöne junge Frau geworden, aber stur – so wie sie sie kannte. Und hatte sich in einen Arzt verliebt, um einiges älter als das Mädchen, ein ernsthafter Mann, der eine Familie ernähren konnte. Blandine hatte gratuliert, es freute sie, dass das Mädchen heiraten würde. Ragusa hatte zu stottern begonnen, hatte ihr gesagt, dass er mit niemandem darüber reden könne, nur mit ihr, es sei eine Fügung des Himmels, dass er sie nach so langer Zeit getroffen habe, und dann am Hafen, so ein Zufall, aber es habe so kommen müssen, deshalb frage er sie jetzt, was sie davon halte …

Blandine erinnert sich, dass Ragusa sich wand, er brauchte einige Zeit, bevor er ihr erzählen konnte, dass der Arzt, der sich in Elvira verliebt hatte, Ragusa darum gebeten hatte, das Mädchen als seine Tochter anzuerkennen. Er wolle keine Mitgift, nur das – es sei wichtig für Elvira.

Sollte, konnte er das tun? Und seine Töchter? Blandine öffnet die Augen und steht auf. Das Gespräch hatte noch eine ganze Weile gedauert, aber sie erinnert sich nur noch an einen Satz, den sie gesagt hat: »Es ist keine Frage: Sie müssen das tun.«

Als er ging, hat er ihr erst die Hand geküsst, sie dann festgehalten und lange angeschaut. Und plötzlich standen sie wieder im Favorita-Park ganz allein inmitten des Labyrinths aus Hecken, und all die Jahre, die sie sich nicht gesehen hatten, waren ausgelöscht. Dann küsste er sie, und sie versuchte nur kurz, ihn wegzuschieben, gab seinen Lippen nach und umarmte ihn. Jetzt erinnert sie sich an die Wärme seines Körpers und seiner Lippen, die merkwürdige Vertrautheit dieser ersten und letzten Umarmung. Irgendwann – und wie lange sie so standen, konnte sie weder damals sagen, noch kann sie es heute – hatte sie ihn dann doch weggeschoben, und er war schnell gegangen, hatte sich aber noch einmal umgedreht und »Danke, vielen Dank!« gerufen. Seither hat sie ihn nicht mehr gesehen. Drei Monate später war die Hochzeit von Professor Benvenuto Taormina und Elvira Ragusa in der Zeitung angekündigt worden.

Frivol ... Jetzt lacht sie bitter. Ein schlechtes Gewissen hat sie nicht gehabt, aber wiedergesehen hat sie Ragusa nach diesem Kuss nicht. Wo auch? Am gesellschaftlichen Leben in Palermo nimmt sie nicht mehr teil, es geht so weit, dass sie sich verleugnen lässt, wenn nachmittags Besuch kommt. Die Bälle, Diners, Konzerte, Nachmittagstees – das alles kommt ihr überflüssig vor, in den Salons ist niemand, dem sie sich anvertrauen könnte, und das Gerede über diejenigen, die gerade nicht anwesend sind, interessiert sie nicht. Wenn sie sich gar nicht zeigt, kann man sie vielleicht nicht als frivol bezeichnen. Obwohl das hier in Palermo wohl eher ein Kompliment wäre, das man ihr bestimmt nicht machen würde ...

Draußen vor dem Fenster blüht die Bougainvillea, fast das

ganze Jahr über leuchten die kleinen Blüten pink und lila. Sie kann die Intensität der Farben nicht mehr ertragen und wendet den Blick ab. Ihr fällt wieder ein, wie fasziniert sie von diesen Farben war, als sie nach Sizilien kam: die Blumen, der Himmel, das Meer, das Grün der Palmen, alle diese Farben, die intensiver und satter sind als in Deutschland. Inzwischen tun ihr immer häufiger die Augen weh, wenn sie diese zu kräftigen Farben sieht, manchmal bildet sie sich ein, dass sie Kopfschmerzen davon bekommt. Ihr fehlt das Frühjahr und der Herbst des Nordens, der leise Anfang und das langsame Ende eines Sommers, überhaupt der Wechsel in der Natur, ein Kreislauf, der ihren Augen eine Zeit der Ruhe und der Erholung gibt. Hier leuchten im Februar und März die Orangen und die Zitronen an den Bäumen, und das Grün ist immerimmergrün. Sie schließt das Fenster und zieht die Gardine vor.

Dann setzt sie sich wieder hin und schaut auf das bereits Geschriebene. Was soll sie von sich berichten, nachdem über die Kinder alles gesagt ist? Lange starrt sie auf das Briefpapier. Irgendwann taucht sie den Federhalter in das kleine Tintenfass und schreibt:

Da ich niemanden habe, zu dem ich mich wirklich hingezogen fühle oder der etwas von meinem Wesen wüsste, so ziehe ich völlige Einsamkeit vor.
Freilich drängt sich mir mitunter ein schreckliches Gefühl der Verlassenheit auf, aber mein Schicksal hat es eben so gewollt, dass ich in dieses fremde Land verpflanzt wurde und das »Warum« ist eine unnütze und unerfreuliche Frage.

15

Die Toten

November 1897

Irgendwann wiegen die monotonen Geräusche der Schiffsmaschinen Blandine in einen unruhigen Schlaf, der die Erinnerung an die Ereignisse von vor fünfzehn Jahren auslöscht. Ihre Träume führen sie zurück in die Gegenwart, ihr Mann taucht darin auf, er hat Kopfschmerzen wie so häufig in den letzten Monaten vor seinem Tod, er ärgert sich über etwas, das sie gesagt hat, aber Blandine kommt nicht darauf, was es gewesen sein könnte. Wieso kann sie ihm nichts mehr recht machen? Wieso ist ihm überhaupt nichts mehr recht? Sein Bruder, die ganze Familie, seine alten Freunde, die er so geliebt hat – keinen will er mehr sehen, allen gegenüber ist er misstrauisch. Besonders natürlich ihrer Familie gegenüber, seit Jahren ist an einen gemeinsamen Besuch in Deutschland nicht mehr zu denken, und sosehr sie bedauert, dass keine der Schwestern die beschwerliche Reise nach Palermo auf sich nimmt, so erleichtert ist sie auch darüber. Hämisch spricht er über ihre Mutter, über den Bayreuther Zirkus, wie er es nennt, das Geld, das ihnen beiden zugestanden wird, nie genug, wie er klagt. Alles ist ihm vergiftet, auch die Natur, die Landschaft seiner Heimat, die er so geliebt, so verehrt hat. Als wäre die Farbe aus seinem Leben gewichen, als wäre er eingesperrt in ein ewiges Grau, das ihm alles vergällt. Jetzt geht er in sein Arbeitszimmer und schlägt die Tür hinter sich zu, und dann hallt wie jede Nacht seit jenem Tag vor zwei Monaten ein Schuss durch ihre Träume.

Sie schreckt hoch und schaut sich in der engen Kabine um. Mariechen und Gilbert schlafen, Blandine hört ihre gleichmäßigen Atemzüge und legt sich wieder hin, versucht, in dem engen Bett eine Position zu finden, die nicht zu unbequem ist.

Sie hat die richtige Entscheidung getroffen. Wenn sie irgendwann wieder ruhig schlafen will, wenn sie vergessen und ihren Kindern eine neue Heimat geben will, dann muss sie Sizilien verlassen.

Der Süden, das Land des Lichts und der Sonne, hat ihr kein Glück gebracht.

Epilog

Elvira Ragusa und ihr viel älterer Ehemann, der Arzt Benvenuto Taormina, führen eine lange, glückliche Ehe, obwohl Elvira eigensinnig und verschlossen ist: Sie entwirft Schmuck für die feine Gesellschaft Palermos und kümmert sich wenig um den Haushalt. Über die unbekannte Mutter spricht sie nie.

Wie eine Reliquie hütet sie zeitlebens das Foto eines kleinen Jungen, Arik, das ihr ihr Vater Enrico Ragusa von einer Reise nach Moskau mitgebracht hat. Es ist 1895 aufgenommen, und das zehn Monate alte Kind ist Enrico wie aus dem Gesicht geschnitten.

Mit dem Ersten Weltkrieg verlässt den Geschäftsmann Ragusa das Glück: Auch in Palermo endet die Belle Epoque, und während um die Jahrhundertwende Kaiser, Könige und der europäische Adel nach Palermo reisten, kommt nun kaum noch internationales oder italienisches Publikum. Anfang der zwanziger Jahren muss Enrico Ragusa sein geliebtes Hotel des Palmes für die lächerliche Summe von einer Millionen Lire verkaufen: Die Wirtschaftskrise und einige Fehlinvestitionen lassen ihm keine andere Wahl. Er stirbt 1924 verarmt. Die Zeitschrift *Il Naturalista Siciliano* führt er bis 1908, und zeitlebens bleibt er ein leidenschaftlicher Sammler von Käfern und Schmetterlingen. In seinem Testament vermacht er seine Sammlungen den Töchtern Olga und Sofia, die sie verkaufen – eine davon ist im British Museum zu sehen.

Sein Urenkel Emilio Arcuri, heute stellvertretender Bürgermeister von Palermo, besitzt nur zwei Andenken an seinen Urgroßvater: eine kleine Glasphiole und einen Trinkbecher mit den Initialen »ER«. Das Klavier, auf dem einst Richard Wagner gespielt und komponiert hat, hat seine Schwester vor ein paar Jahren verschenkt.

Caterina Whitaker singt noch einmal öffentlich – im 1897 eröffneten Teatro Massimo, dem größten Opernhaus Italiens – und widmet sich ansonsten ganz ihren beiden Töchtern und dem gesellschaftlichen Leben Palermos. Pip pflegt seine Neigung für die Ornithologie, für seinen Garten und die Archäologie: Er veröffentlicht ein Buch über die Vögel Tunesiens und kauft Mozia, die kleine Insel vor der Westküste Siziliens, auf der er über Jahrzehnte hinweg Grabungen durchführt und schließlich eine phönizische Siedlung entdeckt, die größte im Mittelmeerraum.

Als Tinas Mutter 1896 stirbt, ist Tina lange Zeit untröstlich. Die Beziehung zu ihren Töchtern wird noch enger, nur eine der beiden, Norina, heiratet spät. Die Ehe bleibt kinderlos.

Pip Whitaker stirbt 1936. In seinem Testament schreibt er: »Meine geliebte Frau ist in all diesen Jahren eine unschätzbare Perle gewesen, so liebevoll, so gut, so selbstlos. Wir werden uns wiedersehen, so Gott will, an einem Ort, wo man uns nicht mehr trennt.«

Tina überlebt ihren Mann und ihre ältere Tochter und stirbt 1957 fast hundertjährig. Ihre jüngere Tochter Delia vermacht nach ihrem Tod 1971 die Insel Mozia und die Villa Malfitano der von ihr gegründeten Stiftung Joseph Whitaker. Pip Whitakers Sammlung seltener Vögel gibt sie an ein Museum in Belfast, nachdem die sizilianischen Museen kein Interesse daran zeigen.

Über den Aufenthalt von Richard Wagner und seiner Familie wird heute noch in Palermo gesprochen, und aus Fakten sind längst Legenden geworden. Enrico Ragusas Nachfahren erzählen davon, wie schwierig der Maestro als Gast war: Er soll bereits morgens um vier Klavier gespielt und sich nicht um die Beschwerden der anderen Gäste gekümmert haben. Deshalb habe ihn Enrico Ragusa mithilfe des deutschen Botschafters aus dem Hotel gelotst.

Die Nachfahren des Grafen Tasca zeigen Besuchern, die die Villa Tasca-Cammastra besichtigen – einst in Zitronen- und Orangenhainen zwischen Palermo und Monreale gelegen, heute gut versteckt an der Umgehungsautobahn gelegen, die sich um die Stadt schließt – den Garten, den Richard und Cosima Wagner so geliebt haben. Die beiden Schwäne auf dem Teich heißen Tristan und Isolde.

Man erzählt sich, dass Wagner immer gedrängt wurde, selbst ein Konzert zu geben, was der Maestro aber nicht wollte. Schließlich ließ er sich zu einer Matinee in der Villa Tasca überreden, begann um 11 Uhr zu spielen und hörte bis zum Abend nicht mehr auf. Es kamen keine weiteren Bitten um ein Konzert …

Die Villa ai Porazzi, in der die Familie Wagner einige Monate verbrachte, wurde im Zweiten Weltkrieg zerstört.

Die Straße, die heute hinter dem Hotel des Palmes entlangführt, wurde in den achtziger Jahren des neunzehnten Jahrhunderts gebaut, ihr fiel der große Palmengarten des Hotels zum Opfer. Ursprünglich Via delle Palme genannt, heißt sie seit dem Ende des Zweiten Weltkriegs Via Wagner.

Blandine Gräfin Gravina widmet nach dem Tod ihres Mannes ihr Leben den vier Kindern. Manfredi, ihr ältester Sohn, ist ihr ganzer Stolz: Sie bevorzugt ihn so, wie ihre eigene Mutter Siegfried bevorzugt hat. Kurze Zeit macht Manfredi als junger Mann Tina Whitakers älterer Tochter Norina den Hof. Tina notiert in ihrem Tagebuch: »Pip und ich hätten ihn gern als Schwiegersohn.« Manfredi heiratet schließlich eine Fürstin aus den Marken. Seine militärische und diplomatische Laufbahn führt ihn nach China, Schweden und Dänemark, er ist überzeugter Faschist und korrespondiert mit Gabriele D'Annunzio. 1932 verstirbt er überraschend in Danzig: Man hatte eine Blinddarmentzündung diagnostiziert, die sich als Darmkrebs im fortgeschrittenen Stadium herausstellte. Blandine schreibt anlässlich seines Todes, dass auf den Gravina ein Fluch liege und sie dieser Schicksalsschlag endgültig gebrochen habe. Zuvor waren bereits ihre Tochter Marie und ihr jüngster Sohn Guido gestorben. Nur ihr Sohn Gilberto Gravina entgeht dem angeblichen Familienfluch und stirbt 1972 im hohen Alter von 82 Jahren. Blandine selbst bleibt bis zu ihrem Tod 1941 in Florenz, besucht ihre Familie in Bayreuth aber regelmäßig. Im Februar 1933 wird sie Bayreuther Ehrenbürgerin.

Nachbemerkung und Danksagung

Dieses Buch ist ein Roman. Fakten und Daten entsprechen jedoch so weit wie möglich der historischen Realität bis auf zwei Ausnahmen: Tina Scalia und Pip Whitaker haben sich erst im Sommer 1882 verlobt. Wann genau sie sich kennengelernt haben, ist nicht bekannt, aber es waren wirklich seine Jagdhunde, die Pip in Mondello zu Tina geführt haben.

Lucia Salvo Cozzo di Pietragarzili, die Ehefrau Enrico Ragusas, verstarb erst 1887, und nicht im Kindbettfieber, sondern nach kurzer, schwerer Krankheit. Sie hinterließ drei Töchter.

Cosima Wagners Überlegungen zur Ehe sind ihren Briefen an Blandine entnommen, die im Nachlass der Blandine von Bülow in der Bayrischen Staatsbibliothek aufbewahrt werden. Die letzten Zeilen des vierzehnten Kapitels entstammen einem Brief Blandines an ihre Freundin Mary Levi, ebenso wie der Brief im ersten Kapitel – beide Briefe sind ebenfalls aus Blandine von Bülows Nachlass. Richard Wagners Rede anlässlich der Hochzeit von Blandine und Biagio Gravina befindet sich im Nationalarchiv der Richard-Wagner-Stiftung in Bayreuth.

Tina Whitakers Tagebucheintrag im dreizehnten Kapitel ist so überliefert.

Alle anderen Briefe und Tagebucheinträge sind fiktiv.

Für Hilfe und Unterstützung bei den umfangreichen Recherchen möchte ich mich bei den folgenden Personen bedanken:

Dem Team des Handschriftenlesesaals der Bayrischen Staatsbibliothek und Kristina Unger vom Nationalarchiv der Richard-Wagner-Stiftung in Bayreuth. Heinrich Graf von Spreti für die Gespräche über das Leben des deutschen Adels im neunzehnten Jahrhundert. Meinen Neffen Paul und Lucas Heller für Rat in allen musikalischen Fragen.

In Palermo möchte ich mich besonders bei Salvatore Savoia bedanken, dem Leiter des Archivs für die Geschichte Siziliens »Storia e Patria«, der mir nicht nur die Türen zum Archiv öffnete, sondern auch zu seiner umfangreichen Privatbibliothek und mir zahlreiche Fragen beantwortete.

Rosario Lentini für seine Hilfe bei allen Fragen zur Familie Whitaker.

Der Antiquarin Clementina Giuffrida, die mir (fast) jedes gewünschte Buch beschaffen konnte und zahlreiche Leseempfehlungen gab.

Emilio Arcuri, Urenkel von Emilio Ragusa und Lucia Salvo Cozzo di Pietragarzili, und Emilio Paolo Taormina, Urenkel von Enrico Ragusa und Enkel von Elvira Ragusa, für alle Gespräche. Emilio Paolo Taorminas Buch über seine Großmutter, *Elvira Des Palmes*, ist mir eine wichtige Quelle gewesen, ebenso die unveröffentlichten Tagebuchaufzeichnungen seiner Großtante Adelaide Cabasino Salvia.

Giuseppe Tasca, dem Nachfahren von Lucio Mastrogiovanni Tasca, Graf von Almerita, für die Führung durch die Villa Tasca-Cammastra und den Garten.

Vor allem aber bei Marina Di Leo und Francesco Terracina, die mir geholfen haben, all diese Menschen ausfindig zu machen.

Bedanken möchte ich mich auch bei meiner Lektorin Vera Thielenhaus für das für mich so hilfreiche Lektorat und bei Alfio Furnari für die wiederholte Lektüre und alle Anregungen.

Und bei Matthias Landwehr, ohne den es dieses Buch nicht gäbe.

München, im Januar 2017

Um die ganze Welt des
GOLDMANN Verlages
kennenzulernen, besuchen Sie uns doch
im Internet unter:

www.goldmann-verlag.de

Dort können Sie
nach weiteren interessanten Büchern *stöbern*,
Näheres über unsere *Autoren* erfahren,
in *Leseproben* blättern, alle *Termine* zu Lesungen und
Events finden und den *Newsletter* mit interessanten
Neuigkeiten, Gewinnspielen etc. abonnieren.

Ein *Gesamtverzeichnis* aller Goldmann Bücher finden
Sie dort ebenfalls.

Sehen Sie sich auch unsere *Videos* auf YouTube an und
werden Sie ein *Facebook*-Fan des Goldmann Verlags!

www.goldmann-verlag.de
www.facebook.com/goldmannverlag